꿈꾸는 모든
돈키호테들을 위하여...
2021. 3. 25
천운영

돈키호테의 식탁

일러두기

- 본문에 인용한 『돈키호테』 번역문은 다음 판본을 근간으로 저자가 부분 수정한 것이다. 미겔 데 세르반테스 사아베드라, 『돈키호테 1, 2』, 안영옥 옮김 (서울: 열린책들, 2014).
- 단행본, 잡지 등은 겹낫표(『 』)로, 책의 일부나 단편소설 등은 홑낫표(「 」)로, 미술, 음악 등의 작품명은 홑화살괄호(〈 〉)로 표기했다.
- 외래어 표기는 국립국어원 외래어표기법에 준하여 따랐으나, 관습적으로 굳은 표기는 그대로 허용했다.

돈키호테의 식탁

돈키호테에 미친 소설가의 감미로운 모험

천운영

arte

들어가면서

　손가락인지 발가락인지 모를 어느 요리 때문이었다. 스페인에서 반벙어리로 지낸 지 두어 달쯤 지났을 때, 커피에 우유 넣지 말라는 의사를 이제 겨우 전달할 수 있게 되었을 때, 하지만 식당에서 내 몫으로 나온 요리를 보면 이것이 진정 내가 시킨 바로 그것이란 말인가, 낙담하는 일이 여전히 더 많을 때, 나는 라만차 지역의 어느 허름한 식당에 앉아 있었다. 그리고 돈키호테 어쩌고 설명이 붙은 음식을 기다리는 중이었다. 별 이상한 음식이 나온다 해도 내가 원한 바로 그것이었다는 듯 맛있게 먹어 줄 수 있었다. 왜 아니겠는가, 돈키호테라는데.

좀 태웠다 싶게 튀겨 낸 거무죽죽한 고기 조각이 나왔다. 정체가 불분명했지만, 난 용감하니까 일단 한 점. 뼈 모양이나 육질이나 냄새만으로는 어느 고기의 어떤 부위인지 가늠이 되지 않았다. 돼지 껍데기를 튀기면 이런 맛이 날까? 궁금했다. 용기를 내서 물어봤다. 이거 뭐냐. 무엇으로 만든 거냐. 묻는 데까지는 성공했으나 대답을 알아듣는 데는 실패. 답답하기는 묻는 쪽이나 답하는 쪽이나 매한가지. 말이 아니라 몸을 동원하기 시작했다. 손을 계란 하나 쥔 모양으로 오므리고 걸음 흉내. 그러고는 손가락을 쫙 펴서 할퀴기 흉내. 손톱을 두들기고 지지고 볶고. 지금 뭐라는 거야? 손가락이라는 거야 발가락이라는 거야. 손톱? 발톱? 혹시 족발?

아마도 족발이었을 것이다. 족발 중에서도 발톱 부위. 워낙에 좋아하는 부위이긴 하지만 어쩐지 상술에 놀아난 기분을 막을 길이 없었다. 발라 먹은 살보다 발라낸 뼈가 많아서. 요깟 고깃점에 돈키호테를 팔아먹다니. 그런데 이거 진짜『돈키호테』에 나오기는 하는 거야?

『돈키호테』를 읽기 시작했다. 그러고 보니『돈키호테』, 제대로 읽어 본 적이 없었다. 안 읽었어도 다 아는 얘기 같았으니까. 돈키호테, 산초, 풍차, 둘시네아, 터무니없는 모험들. 그게 다인 줄 알았다. 아니었다. 책장을 넘길수록 오호 이거 봐라, 허리를 곧추세웠다가 배꼽 잡고 웃다가. 모험의 시작은 발톱 요리였으나 발톱은 온데간데없고, 돈키호테의 구멍 난 양말 구경에 흠뻑 빠졌다. 창문 밖에서는 아름다운 여인이 돈 키호테를 향해 연가를 부르고 있는데, 정확히 마흔여덟 군데 가 해어져 그물처럼 되어 버린, 그 처절하고도 서글픈 양말이 라니. 편력 기사란 그러한 것인가. 속담에 살고 죽는 산초의 어록은 따로 적어 간직했다.

그리고 드디어 문제의 발톱 요리가 나왔다. 책의 막바지에 이르러 사라고사 인근의 한 주막에서 그 비슷한 요리가 나왔 다. 그런데 좀 이상했다. 책에 언급된 족발은 튀긴 족발이 아 니라 콩과 베이컨을 넣고 끓인 요리란다. 친절하게 요리법까 지 밝혀 준 주막집 주인에게 감사를. 원문을 찾아 확인했다. 내가 먹었던 요리의 이름이 정확히 뭐였지? 기억날 리가 있 나. 그냥 돈키호테만 선명했다. 다시 그곳으로 가서 확인해 보기로 했다. 그렇게 시작된 여행이었다.

좀 미친 짓이었다. 돈키호테와 같았다. 스페인어 전공자도 아니고 요리사도 아닌 내가 돈키호테의 음식을 찾아 나선다 는 것. 그건 어떤 외국인이 전주에서 콩나물국밥 한 그릇 먹 고서는 그게 『홍길동전』에 나왔다는 소리를 듣고, 전국팔도를 누비며 홍길동의 자취를 쫓아 조선 시대 음식을 찾아다니는 일과 비슷했다. 반벙어리 까막눈 주제에. 무려 400년 전 음식을 먹어 보겠다니. 그런데 그만둘 수가 없었다. 『돈키호테』에 빠져들수록, 그 길을 따라다닐수록, 더 깊게 빠져들었다.

세르반테스는 분명 음식에 관심이 아주 많은 사람이었을 것이다. 그렇지 않고서야 첫 장부터 라만차 시골 양반의 1주일 치 식단을 일일이 열거할 리가 없다. 부자 가마초의 결혼식 음식 준비 장면 묘사만 장장 세 페이지. 음식 냄새라면 자다가도 벌떡 일어나 따라가는 산초처럼, 나도 세르반테스가 펼쳐 놓은 음식 냄새를 따라 코를 킁킁거렸다.

돈키호테는 기사의 음식을 고수했다. 너무 딱딱해서 거인 대가리라도 부숴 버릴 만한 치즈나 도토리, 개암, 호두 따위의 견과류. 방랑 기사란 자고로 한 달을 먹지 않아도 아무렇지 않아야 하고, 간혹 먹는다 해도 형편없는 시골 음식 같은 것에 만족해야 하니까. 그렇다고 다람쥐처럼 늘 도토리나 먹고 다닌 건 아니었다. 목동이나 염소 치기들이 나눠 준 치즈와 와인과 염장 양고기 스튜. 며칠 밤 지속된 공작의 성대한 연회. 돈키호테가 사자 우리를 향해 달려갈 때, 투구 속에 숨겨져 있던 몰랑몰랑한 레케손 치즈도 빼놓을 수 없다. 산초가 몰래 숨겨 둔 것도 모르고 그대로 덮어쓰고 가는 바람에, 녹아 줄줄 흐르는 치즈로 눈앞이 뿌예진 채 사자 우리로 돌진. 뇌가 녹아 흐르는 기분이었다는 것은 사자 때문이었을까, 치즈 때문이었을까?

돈키호테가 살았던 곳이라 짐작되는 곳에서부터 출발해 산초가 섬의 총독을 지낸 사라고사 인근과 바르셀로나를 거쳐 다시 고향으로 돌아오기까지. 중부에서 남부 그리고 동부로, 다시 중부에서 남부로. 오르락내리락, 가고 오고 또 가고. 그 길에서 수많은 식탁 앞에 앉았다. 가장 오래된 식당으로 기네스북에 등재되었다는 곳의 고풍스러운 식탁에도 앉았고, 우연히 만난 어느 양치기의 노모가 차려 준 소박한 식탁 앞에도 앉았다. 돈키호테의 식탁을 따라 걷다 보니, 시골 장터에서 돼지고기 염장하는 데 최고의 손맛을 자랑하던 둘시네아도 만났고, 멍청한 먹보가 아니라 타고난 와인 감별사에 심오한 음식 철학을 가진 산초도 만났다.

아, 사랑스러운 산초. 난 정말 산초에게 폭 빠져 버렸다.

어쨌거나 산초가 총독직을 반납하고 바라토리아섬에서 나올 때 요구한 것은 '잿빛이를 위한 보리 조금하고 자신을 위한 빵 반쪽'뿐. 잿빛이는 산초가 사랑하는 당나귀 이름이다. 내가 가져온 것도 딱 그만큼인 것 같다. 내가 사랑하는 누군가를 위한 보리 한 되와 나를 위한 반쪽의 빵. 거기에 와인 한 잔을 보태 식탁을 차렸다. 식탁을 차리기는 했지만 가만 보니 돈키호테식 상차림이다. 좌충우돌 우왕좌왕 돌진 또 돌진. 괜찮다. 돈키호테니까. 돈키호테의 식탁이 어찌 안 그러겠는가.

차례

Una **olla** de algo más vaca que carnero, **salpicón** las más noches, **duelos y quebrantos** los sábados, **lentejas** los viernes, y algún **palominos de añadidura** los domingos, consumían las tres partes de su hacienda. El resto della concluían sayo de velarte, calzas de velludo para las fiestas con sus pantuflos de lo mesmo, y los días de entre semana se honraba con su vellorí de lo más fino.

그는 보통 양고기보다는 소고기를 더 많이 넣은
전골 요리를, 밤에는 **살피콩**을, 토요일에는
두엘로스 이 케브란토스를, 금요일에는 **렌즈콩** 요리를,
일요일에는 **특별히 새끼비둘기** 요리를 먹느라
재산의 4분의 3을 지출했다.
나머지 재산은 축제 때 입을 모직 외투와 벨벳으로 된
반바지와 발 보호용 덧신, 그리고 아주 고운 천으로 된
평상복을 사서 폼을 내는 데 썼다.

어느 시골 양반의 고뇌와 슬픔
돼지 삼겹살

—— 허벅지 가리개 경의 탄생

무슨 일을 도모할 때 복장부터 준비하는 사람이 있다. 운동을 결심하자마자 제일 먼저 추리닝과 운동화를 깔 맞춤해 구입하는 것처럼. 새로 구입한 운동화가 아까워서라도 더 열심히! 더 완벽히! 새 의상은 그렇게 결의를 표현한다. 하지만 내 경우를 떠올려 보자면 그 의지의 상징물들은 거의 대부분 얼마 지나지 않아 사물함에 처박혔다. 요가원, 국선도장, 문화센터, 스포츠센터. 차마 수거하지도 못한 그 많은 결기의 의상들. 또 어떤 사람은 이름부터 짓는다. 면허증도 따기 전에 구입할 차의 이름을 짓거나, 글을 쓰기도 전에 필명부터 정하거나. 습작 시절의 나 또한 필명을 생각해 보기도 했다. 하지만 내 본명보다 더 좋은 필명은 없을 거라는 누군가의 충고에, 팔랑팔랑 귀를 접었다.

라만차 지역의 어느 마을에 살던 키 머시기라는 시골 양반이 기사가 되기로 마음먹었을 때, 가장 공을 들여 한 일도 이름을 짓는 일이었다. 그는 우선 증조부의 낡은 무기들을 꺼내 손질하고, 종이 합판으로 얼기설기 덧대고 끼워 투구를 만든 다음, 기사가 타고 갈 말을 물색한다. 마구간에는 병치레를 많이 해서 여위고 늙은 말 한 마리가 있다.

말의 이름은 로신rocin. 문자 그대로 '여윈 말'. 피부병이 걸린 데다 가죽이 뼈에 들러붙은, 기사의 말로서는 빠져도 너무 빠진 몰골. 그는 거기에 단어 하나 안테ante를 붙여 기사의 말로 재탄생시킨다. '여윈 말rocin'을 '과거의 일ante'로 바꾸고, 세상의 모든 로신들 중에 '첫째가게ante' 만드는, 바로 그 이름. 로, 시, 난, 테! 그 이름을 짓는 데 나흘이 걸렸다. 이름은 그렇게나 중요했다.

말의 이름을 짓는 데 나흘이 걸렸으니, 기사의 이름을 짓는 데는 적어도 두 배의 시간이 필요할 터. 여드레 만에 그의 이름이 완성되는데, 우리 모두가 아는 돈키호테don quijote다.

돈don은 경칭이고 키호테quijote는 갑옷에서 허벅지 안쪽에 대는 부분을 지칭한다. 굳이 설명을 달자면, 허벅지 가리개 경이라고나 할까.

이름을 바꾸는 일과 의상을 갖춰 입는 일은 사실 크게 다르지 않다. 소유에 대한 욕망이 아니라 변신에 대한 욕망이다. 그에 걸맞은 의상을 입고 그에 걸맞은 이름으로 호명되길 원하는 것이다. 새로운 인생을 꿈꾸는 일. 이제부터 나는 유도인이다, 이제부터 나는 라이더다, 이제부터 나는 허벅지 가리개 경이니, 그렇게 바라보고 그렇게 불러 달라. 선언과 요청. 그렇게 새로운 삶은 시작된다.

────── 시골 양반 이달고의 밥상

돈키호테를 따라나서기 전, 나는 우선 한 남자에 대해 알아야 했다. 모험을 떠난 라만차의 그 유명한 돈키호테가 아니라, 돈키호테가 되기 이전의 한 시골 양반hidalgo. 그의 실체를 알아내는 것이 이 긴 여행의 출발점이 될 것이다. 그것이 바로 돈키호테가 태어난 요람이자 돈키호테가 되돌아와 묻힌 무덤이니까.

그의 면면을 살피는 것은 좀 서글픈 일이다. 작가는 그의 이름도 고향도 명확히 밝히기를 꺼렸다. 고향은 라만차 지역의 어느 마을. 이름은 키하다quijada 혹은 케사다quesada 혹은 키하나quijana. 그조차도 중요한 것이 아니라고 일갈한다. 그는 처자식도 없이 어린 조카딸과 나이든 가정부의 보살핌을 받고 살았다. 얼굴이 홀쭉하고 마른 체격. 꼭두새벽에 일어나 늙은 개와 함께 가끔 사냥을 즐기기도 하는 오십 줄의 작위도 없는 시골 양반 이달고. 이 정도다.

그런데 이름조차 밝히기를 꺼리던 작가가 어쩐 일인지 그의 일주일 치 식단은 아주 소상히 알려 준다. 뭐 그렇게까지 세세히 밝힐 필요가 있나 싶을 정도다. '당신이 무엇을 먹었는지 알려 주면, 당신이 어떤 사람인지 말해 주겠다'는 의도? 아니면 차마 말할 수는 없지만 꼭 말해 주고 싶은 무언가를 숨겨 놓은 결정적 단서? 그게 뭐든 한번 살펴보자.

평일 낮에는 주로 오야olla를 먹었다. 오야는 항아리나 솥단지를 말하기도 하고, 거기에 요리한 모든 음식을 칭하기도 한다. 항아리에 무얼 넣을지는 취향에 따라 형편에 따라 다르지만, 전통적으로 각종 고기와 감자 따위의 채소를 넣고 끓인다. 일단 고기부터 건져 먹고 남은 고깃국에 콩을 비롯한 각종 채소를 넣어 새롭게 한 번 더. 일종의 전골이나 스튜라 할 수 있는데, 우리의 육개장이나 국밥 같은 걸 생각하면 된다. 마나님들께서 한솥 끓여 놓고 나가면 주구장창 먹어야 한다는 바로 그것. 이 라만차의 시골 양반은 양고기보다는 쇠고기를 조금 더 넣은 오야를 좋아했다고 하는데, 당시 쇠고기가 양고기보다 저렴했기 때문인지 아니면 단순히 양고기를 좋아하지 않아서인지는 알 수 없지만, 전체적인 재정 상황으로 짐작해 보건대 비용 문제인 듯하다.

저녁에 먹은 살피콩salpicon은 쇠고기와 양파를 기본 재료로 한다. 삶아 찢거나 잘게 다진 고기를 생양파와 함께 무치거나 볶는다. 양념으로는 간단하게 소금과 오일. 식초를 가미해서 새콤달콤하게 만들기도 하는데, 기본적으로 차갑게 해서 먹는 음식이다. 현재 스페인에서 흔히 만날 수 있는 살피콩은, 각종 해물과 채소를 잘게 썰어 새콤달콤하게 무쳐 내는 해산물 살피콩salpicon de marisco이지만, 내륙의 라만차 지역에서 해산물 살피콩을 만들 수는 없었을 터. 아마도 고깃국을 끓여 낮에는 국으로 먹고 저녁에는 고기를 건져 무침으로 변화를 꾀했던 게 아닐까 싶다. 식초에 절이면 오래 먹을 수도 있고. 고깃국의 재활용 혹은 의미 있는 변신.

금요일에 렌즈콩lentejas을 먹은 것은 육식을 금하는 날이었기 때문. 훌륭한 기독교인이라면 금요일의 철야와 금육의 교

훈을 따라야 할 터. 금요일의 식단을 굳이 밝힌 것은 기독교인으로 살아가고 있음을 확실히 밝히려는 의도인지도 모르겠다.

토요일에는 두엘로스 이 케브란토스duelos y quebrantos라는 이름의 염장 삼겹살 계란 요리를, 일요일에는 특별히 새끼비둘기palomino 요리를 먹었다고 하는데, 이 새끼비둘기 요리란 그야말로 특식 중의 특식으로, 구전 소설에서 주인공이 온갖 시련을 겪고 난 뒤 결국 잘 먹고 잘 살게 되었다고 말할 때, '그들은 새끼비둘기 요리를 먹으며 행복하게 살았습니다'라는 말로 대신한다는 바로 그 요리. 귀족들은 집 안에 비둘기 사육소를 두고 먹고 싶을 때마다 잡아먹으면 되었지만, 가난한 시골 양반 집에 비둘기 집이 있을 리는 없고, 꽤 많은 비용을 들여 새끼비둘기를 사 먹었을 것이다.

전체적으로 보면 아주 소박한 식탁. 한 솥 끓인 오야를 묵묵히 먹을 만큼 무난하기도 하지만, 양고기보다 쇠고기를 선호하거나 요리 방법에 변화를 줄 만큼 섬세한 면도 있고, 일요일만큼은 고급 요리에 돈을 아끼지 않을 정도로 무모한 면도 있다. 이 소박한 식탁을 위해 재산의 4분의 3을 썼다 하니 엥겔지수가 높아도 꽤 높은 편. 나머지 4분의 1로는 축제 때 입을 비로드 바지나 최고급 양모 옷이나 덧신 등을 샀다는 걸

보면 치장에도 나름 신경 썼던 것 같다. 어쩌면 마음속으로만 품어 오던 한 여인이 있어, 그녀의 눈에 띄기를 바라며 잘 차려입고 마을 광장을 배회했는지도 모르겠다. 소문에 의하면 인근 마을에 짝사랑하는 여인이 하나 있었는데, 서너 번 스쳐 지나가기만 했을 뿐 말 한번 붙여 보지 못했다 하니, 아 이 소심하고 예민한 시골 양반아, 어찌하면 좋으냐.

마음속에 품은 여자에게 고백 한번 못 하고 늙어 버린, 변변한 직장도 없이 살아가고 있는 시골 양반. 이 남자가 마음 붙일 만한 게 뭐가 있었을까? 취미로 하는 사냥도 하루 이틀, 그는 책 읽기에 심취한다. 다름 아닌 기사도 책. 거기에는 그가 꿈꾸는 모든 것이 들어 있었다. 모험, 사랑, 정의, 도전, 결투. 논밭까지 팔아서 기사도 책을 사들였다 하니 오타쿠도 이런 오타쿠가 없다. 쌀독에 쌀은 떨어져 가는데 온통 기사도 책이나 사들이고 있다니. 함께 사는 조카나 수발을 드는 늙은 하녀의 걱정이 이만저만이 아니다.

도전과 모험 전투 때문에 기사도 책을 좋아한다고 말하지만, 정작 책에 밑줄을 긋고 감명을 받은 부분은 사랑의 속삭임이나 연애편지의 구절들. 몇 날 며칠 서재에 처박혀 밤낮없이 사랑의 속삭임을 외고 또 외웠을 이 남자. 결말이 못마땅해 직접 펜을 잡고 싶은 충동을 느끼더니, 결국 본인이 직접 기사가 되기로 마음먹는다. 소설이 마음에 안 들어 작가가 되기로 한 독자처럼, 작가가 아니라 주인공이 되어 새로운 결말을 쓰기로 한 것.

그렇게 그는 키 머시기 양반에서 키호테 경으로 다시 태어난다.

─── 돼지고기의 고뇌와 탄식

그건 그렇고, 그의 일주일 식단 중에 빼놓고 지나간 게 있다. 토요일의 요리. 무슨 마법의 주문처럼 들리는 이 이름.

두엘로스 이 케브란토스!

호박을 마차로 둔갑시킬 때 딱 이런 주문을 외웠을 것 같다. 직역하자면 고뇌와 충격, 탄식과 격파, 애도와 단념, 노고와 탄식, 뭐 대략 이런 단어들의 조합이다. 일단 '고뇌와 탄식' 정도로 정리해 보기로 하고. 토요일에는 고뇌와 탄식을 먹었다고? 대체 어떤 음식이기에? 책에는 베이컨 조각을 넣은 달걀 요리라고 되어 있는데, 대체 이름이 왜 이 모양인 것이냐.

스페인 친구들에게 물어보았다. 이런 요리 먹어 봤어? 계란 요리라는데? 다들 대체 뭔 소리냐, 하는 얼굴들이다. 그 유명한 『돈키호테』에 나온 음식이라는데 왜 몰라? 나 그거 제대로 안 읽어 봐서, 학교 다닐 때 만화로 보기는 했는데, 그런 게 어디 나오는 건데? 『돈키호테』를 네가 더 잘 아는구나? 뭐 대략 이런 반응들.

하지만 이 이름의 요리는 라만차 지역의 웬만한 레스토랑에서 다 볼 수 있다. 과연 돈키호테의 길ruta del quijote 팻말을 단 도시들답다. 이름은 요상하지만 아주 평범하기 그지없는 계란 요리다. 일종의 스크램블드에그, 스페인식 오믈렛. 어쩐지 상술이 느껴지는 메뉴 구성.

스페인의 가장 대중적인 요리 중에 레부엘토revuelto라는 것이 있는데, 말 그대로 마구 뒤섞은revolver 계란 요리다. 계란에 무얼 섞을지는 계절에 따라 취향에 따라 다르다. 버섯이나 아스파라거스 같은 채소, 돼지고기나 베이컨이나 하몽이나 초리소 같은 육류, 새우나 문어나 오징어 등의 해산물, 뭐든 상관없다. 어느 산골 식당에서 먹어 본 아스파라거스 레부엘토는 쌉쌀하니 고소한 맛이었다. 느타리버섯seta을 넣어 볶은 다음 하몽 몇 점을 위에 얹어 먹으면 그 또한 천상의 맛. 라만차 지역에서 먹은 두엘로스 이 케브란토스는 이 레부엘토와 닮아 있었다. 재료를 특정하자면 베이컨과 초리소를 넣은 계란 범벅이라고나 할까.

도대체 이 이름은 어디에서 기원한 걸까? 사실 이 단어가 처음 등장한 곳은 다름 아닌 세르반테스의 『돈키호테』다. 이전의 기록은 남아 있지 않다. 그 후 1732년 당국에서 발간한 사전에 의하면 '라만차 지역에서 가축의 골수seso와 계란을 넣어 만든 오믈렛'이라고 설명되어 있다. 베이컨이 아니라 골수와 계란의 조합이라. 그 당시에는 정말 그랬을지도 모르겠다.

이름에 대한 이런 가설이 있다. 키우던 돼지가 죽었다. 갑작스러운 가축의 죽음에 사람들은 충격을 받고 슬픔을 느낀다. 하지만 마냥 슬퍼할 수만은 없는 법. 고기는 내다 팔고 가죽은 벗겨 가죽 부대를 만들고. 이것저것 다 팔고 나니 부속물이 좀 남는다. 내장이나 뇌 같은 것. 버리기도 아깝고 팔기도 뭐하고 해서 그걸 계란과 함께 맛있게 요리해서 먹는다. 애도하는 마음으로. 먹으면서 슬픔을 되새김질하며 그래서 붙은 이름이 '애도와 타격'.

실제로 알마그로의 국영 호텔 파라도르에서 세르반테스 주간에 재현한 두엘로스 이 케브란토스를 맛본 적이 있는데, 골수를 넣어 촉촉하게 만든 계란 요리가 나왔다. 골수라고 해서 약간의 거부감이 들긴 했지만, 아주 보드랍고 촉촉하고 고소했다.

또 다른 가설. 스페인은 오랫동안 이슬람과 유대인, 기독교인들이 함께 잘 살아왔다. 그러다 갑자기 강력한 기독교 국가임을 선포하면서 다른 종교인들의 추방을 명령했다. 추방당하지 않으려면 개종을 하라. 개종한 유대인을 세파르디, 무슬림을 모리스코라 했다. 하지만 진짜로 개종을 한 것인지 무늬만 기독교인인지 아무래도 의심스러운 당국. 전국 곳곳에 종교재판소를 설치하고 종교 경찰관을 수시로 집에 보내 감시하고 처벌했다.

"자, 당신이 기독교인임을 증명해 봐. 돼지고기 먹어 안먹어?"

"자 봐요, 저 돼지고기 먹는 사람이에요. 개종한 거 맞잖아요. 눈에 띄지 않게 계란에 막 뒤섞어 놓긴 했지만, 이건 분명 돼지고기라고요."

종교 경찰의 갑작스러운 방문. 종교적 고뇌와 고통. 증명을 해 보여야만 살아갈 수 있는 서글픈 신세. 그 모든 고뇌와 슬픔을 간직한 요리. 돼지고기를 먹느냐 먹지 않느냐의 고뇌, 안간힘을 써야만 살아남을 수 있는 슬픔과 눈물. 그래서 생긴 이름. 두엘로스 이 케브란토스. 개종한 유대인이 살아남기 위해 거쳐야 할 시험대이자 반드시 지니고 다녀야 할 증명서. 이러나저러나 슬프고도 애절하다. 격파인지 타격인지 슬픔인지 애도인지. 그런 조합이 나올 수밖에 없는 슬픈 음식의 전설.

이 시골 양반. 기독교로 개종한 유대인이었으리라. 그래서 작위도 못 받은 하급 귀족으로 변변한 직업도 갖지 못한 채 살아왔을 것이다. 추방당할까 두려워하며 토요일마다 고뇌와 슬픔을 먹었을 것이다. 토요일의 열기가 아니라 토요일의 슬픔. 몰락한 시골 양반의 비애. 이름 뒤에 감춰진 서글픔.

사람들은 그가 기사도 책 때문에 미쳐서 기사가 되었다고 말하지만, 어쩌면 그는 미치지 않기 위해 기사도 책에 빠지게 된 것인지도 모른다. 미치지 않기 위해 미친 흉내를 내야만 했는지도. 완벽하게 미치지 않으면 그가 꿈꾸는 세상이 허무하게 무너질 것이니, 그는 시골 양반 키 머시기를 완벽하게 버리고 기사의 가면을 집어 든다. 라만차의 재기발랄한 돈키호테 기사로 변신.

A dicha, acertó a ser viernes aquel día, y no había en toda la venta sino unas raciones de un pescado, que en Castilla llaman **abadejo**, y en Andalucía **bacalao**, y en otras partes **curadillo**, y en otras **truchuela**. Preguntáronle si por ventura comería su merced **truchuela**, que no había otro pescado que darle a comer.

-Como haya muchas **truchuelas** -respondió don Quijote-, podrán servir de una **trucha**; porque eso se me da que me den ocho reales en sencillos que en una pieza de a ocho. Cuanto más, que podría ser que fuesen estas **truchuelas** como la **ternera**, que es mejor que la **vaca**, y el **cabrito** que el **cabrón**. Pero, sea lo que fuere, venga luego, que el trabajo y peso de las armas no se puede llevar sin el gobierno de las tripas.

Pusiéronle la mesa a la puerta de la venta, por el fresco, y trújole el huésped una porción del **mal remojado y peor cocido bacalao**, y un **pan** tan negro y mugriento como sus armas.

마침 그날은 육식을 금하는 금요일이라
객줏집에는 카스티야 지방에서 **아바데호**라 하고,
안달루시아에서는 **바칼라오**라 부르고,
다른 지역에서는 **쿠라디요**, 또 다른 지역에서는
트루추엘라라고 부르는 대구 몇 토막밖에 없었다.
여자들은 그것밖에 줄 것이 없는데 괜찮겠는지 물었다.
돈키호테가 대답했다.
"**토막**이라도 많다면야 **한 마리**쯤은 되겠지요.
1레알짜리 여덟 개나 8레알짜리 하나나 그게 그거니까.
더군다나 **소고기**보다 **송아지고기**가 더 맛있고
염소보다 **새끼염소**가 더 맛있듯
대구 토막들이 통대구보다 더 훌륭할지도 모르잖소.
여하튼 빨리 가져다주시오.
배를 채우지 않고서는 갑옷의 무게도
나의 임무도 견딜 수가 없으니 말이오."
여자들은 시원한 자리를 마련하고자
객줏집 문 앞에 식탁을 차렸다.
그러고는 **잘 불리지도 않고 제대로 익히지도 않은
대구** 한 접시와 돈키호테의 갑옷만큼
더럽고 시커먼 **빵** 한 덩이를 가져왔다.

돈키호테 기사의 첫 번째 음식
염장 대구

─── 내 어머니의 마법 주문, 북어 무곰

   누가 엄마의 음식 중 뭐가 제일 그리우냐 물어 오면, 나는 우선 북어 무곰을 꼽을 것이다. 엄마도 그걸 모르지 않아서, 내가 그리울 때면 전화를 걸어 이렇게 말한다. "무곰 해 놨는데." 보고 싶다거나, 한번 들르라거나, 열 말이 필요 없다. 무곰, 하는 순간 열 일 제치고 달려간다.

   엄마의 북어 무곰은 아주 단순한 요리다. 물에 불린 북어를 무와 함께 끓이면 된다. 양념이라고는 고춧가루, 마늘, 파, 국 간장 정도. 무를 큼지막하게 썰어 고춧가루에 볶다가 물을 붓고 북어와 함께 끓인다. 그뿐이다. 그런데 정말 기가 막히게 맛있다. 매운 듯 달고, 뜨끈하게 시원하다. 무의 단맛과 북어의 시원한 맛과 고춧가루의 매운맛이 개운하게 어울린다. 피로가 싹 가시는 사우나 같은 맛이다. 이걸 또 차갑게 식히면 껍질에서 나온 콜라겐 성분으로 국물이 약간 응고되는데, 찬 국물 그대로 한 숟가락 퍼서 입에 넣으면 뭐랄까, 매콤한 젤리 같다고나 할까? 매운데 상큼한 맛이 나는 셔벗 같다고나 할까? 그저 삐쩍 말라빠진 북어를 가지고 어떻게 요런 마술을 부리나 할 맛? 아무튼 맛있게 맛있는 맛이다.

　요리법은 단순하지만 결코 간단한 음식이 아니다. 시간이 필요한 요리다. 엄마는 북어 무곰을 만들 때 북어 중에서도 바닥태라는 것을 쓰는데, 배를 가르지 않고 통째로 바닷바람에 말린 것으로 북어 중에서는 가장 딱딱하다. '북어 패듯 두들겨 패다'에서 방망이질을 해야 먹을 수 있는 바로 그것. 이 바닥태를 두들겨 패는 것이 아니라 하루 정도 물에 불렸다가 사용하는데, 충분히 불리지 않고 성급하게 요리를 시작했다가는 낭패를 본다. 딱딱해서 못 먹는다. 오래 끓인다고 될 일이 아니다. 무조건 찬물에 불려야 한다. 그래야 육질이 쫄깃하게 부드러워진다. 화풀이하듯 혼내듯 두들겨 패서는 절대로 그 맛을 못 낸다.

갑자기 먹고 싶다고 해서 바르르 끓여 먹을 수 있는 음식이 아니라는 것. 내 어머니도 나를 몹시 그리워했다는 것. 전화를 걸기 하루 전부터 이미 나를 위한 식탁을 준비하고 있었다는 것. 그러니 엄마가 무곰 하고 발음하는 순간, 나는 냅다 뛰어갈 수밖에 없다는 것.

북어 무곰은 일종의 주문 같은 것. 집 떠난 딸내미를 집으로 불러들이는 마법의 주문. 내가 식탐이 많아서 달려가는 게 절대로 아니다. 엄마의 주문이 너무나 강력해서 끌려가는 것이다. 북어가 부리는 마술이 기가 막혀서 기를 쓰고 가는 것이다. 그 어떤 그리움의 말보다 백만 배쯤 강한, 마법의 주문. 나에게로 오라, 너를 맞을 준비가 되어 있다, 어서 오라. 오라, 오라, 오라.

———— 하필이면 금육의 금요일

돈키호테의 몸 어딘가에는 맛을 바꿔 주는 특별한 기관 같은 게 있는지도 모르겠다. 아무리 맛없고 형편없는 음식을 먹어도 황홀한 맛이 느껴지게 만드는 마법의 기관. 삐쩍 마른 노가리 대가리를 씹고 있어도 한여름 민어회 맛이 나게 만드는, 혀가 아니라 심장이나 뇌 어디쯤 있을 것이 분명한 돈키호테만의 기관.

그가 기사가 되겠다고 마음먹고 집을 떠난 것은 7월 중 가장 더운 어느 날. 사람들에게 들키지 않으려고 새벽 동트기 전에 뒷문으로 몰래 빠져나와 들판을 가로지를 때까지만 해도 그의 걸음은 무척이나 가벼웠을 것이다. 하지만 7월의 태양은 뇌수를 녹일 정도로 지독한 열기를 내뿜고, 갑옷에 창과 방패를 든 채 먹지도 못하고 온종일 걷기만 한 그의 몰골이 얼마나 처참했을지는 불 보듯 훤하다.

태양이 뇌수를 녹일 정도로 뜨거웠다는 문장은 결코 과장이 아니다. 라만차 지역의 여름 태양은 정말이지 머리 껍질이 벗겨질 정도로 뜨겁다. 거기서 한낮에 돌아다니는 사람은 미친 사람이거나 미친 관광객뿐이라고, 코르도바의 한 카페 주인이 내게 말한 적이 있다. 그때 나는 하루 반나절의 관광을 알차게 보내려고 부지런히 돌아다니던 미친 관광객이었다. 거의 대부분의 상점이 시에스타에 들어간 시간, 문을 막 닫아 걸던 카페 주인을 붙들고 죽을 것 같으니 얼음물 한잔 파시라 애원하던 내게 한 말이었다.

저물 무렵 도착한 객줏집. 거기 있던 사람들 눈에 돈키호테는 그야말로 비렁뱅이 미치광이 노인. 냄새나고 더럽고 추레한 몰골에, 기사가 어떻고 성이 어떻고 성주님이 어떻고 헛소리까지. 그러니 배고프다 밥 좀 주시라 청하는 돈키호테를 식당 안으로 들이지도 않고, 바람이 잘 드는 문 옆에 식탁을 차려 줄 수밖에.

먹을 것을 청하는 돈키호테에게 주인이 묻는다. 육식을 금하는 금요일이라 말린 대구 몇 토막밖에 남아 있지 않다고. 온종일 배곯은 사람에게 토막이면 어떻고 한 마리면 어떻겠는가. 돈키호테 말마따나 소고기보다는 송아지고기가, 늙은 염소보다는 새끼염소가 더 맛있는 법인걸. 토막이라도 여러 토막이면 한 마리나 진배없는 법. 진정 돈키호테다운 셈이시다. 그리하여 식탁 위에 놓은 것은 불리지도 않고 제대로 간도 안 밴 염장 대구 한 접시와 시커먼 빵 한 덩이.

아무리 몰골이 추레해도 그렇지, 주인 양반 정말 너무했다. 뭐가 문제냐고? 이 대구라는 게, 생물이나 냉동 대구는 아니었을 터. 그 시절 내륙에서 먹을 수 있는 대구라면 염장 건조 대구. 적어도 하루 이틀 물을 갈아 가며 소금기를 빼고 불려야만 먹을 수 있는데, 이걸 물기도 없이 요리도 제대로 되지 않은 상태로 내놓았다는 것은, 염장 대구를 그냥 대충 던져 놓았다는 얘기. 얼마나 짜고 뻣뻣했을지 생각만 해도 눈살이 찌푸려진다.

더 큰 문제는 음식 맛이 아니었다. 먹고 싶어도 먹을 수가 없었던 것. 왜? 머리에 쓴 투구를 벗을 수가 없어서. 투구는 왜 못 벗느냐고? 벗으려면 투구를 망가뜨려야 하니까. 어떻게 생긴 투구이기에 부수지 않고는 못 벗느냐고? 그야 모자만 있고 얼굴 가리개는 없는 낡은 투구를 쇠막대와 마분지로 대략 이어 붙인 것이니까. 시험 삼아 한번 내리쳐 봤더니 박살이 나서, 수리한답시고 아예 빈틈없이 붙여 놨으니까. 투구를 벗으려면 분해를 해야 하고, 벗지 않고 먹으려면 입 가리개를 손으로 잡고 있어야 하고, 손이 없으니 음식을 입으로 옮겨 담을 수가 없고, 투구는 결단코 사수해야 하고, 진퇴양난. 후에 이발사의 세숫대야를 머리에 쓰고 맘브리오의 투구라 주장한 것은 이날의 굴욕을 만회하기 위함이었는지도.

　어쨌거나 주변에 있던 여자들이 수를 내기는 내는데, 돈키호테는 입 가리개가 내려오지 않도록 손으로 잡고 있고, 여자 하나가 그 옆에 붙어 서서 투구 안으로 음식을 넣어 주고, 먹는 건 어떻게 넣어 주겠는데 마실 건 또 도리가 없으니, 객줏집 주인이 기다란 도롱이 같은 걸 끊어 와 입에 물리고 포도주를 들이부으니, 입으로 들어가는 것 반 흘리는 것 반, 수염이야 턱이야 앞섶이야 온통 국물 범벅 포도주 줄줄. 능욕의 식탁이다.

돈키호테는 왜 그리 서둘러 집을 나섰을까? 변변한 투구 하나 마련도 못 하고서. 왜 하필 그날이 육식을 금하는 금요일이었을까? 주막집 주인은 또 왜 그리 무성의한 사람이어서 그따위 음식을 먹으라고 내놓았을까? 온갖 잡배들이 킬킬거리며 조롱하는 소리를 들으며, 이 늙은 기사는 얼마나 민망하고 씁쓸했을까? 그냥 조카딸이 차려 준 렌즈콩 요리나 얌전히 받아먹고 살면 좋았을 것을.

이때 돈키호테만의 특별한 기관이 작동된다. 어디선가 들리는 풀피리 소리. 마법의 기관을 가동시키는 신호. 그것이 돼지 거세꾼이 돼지를 불러 모으는 풀피리 소리면 어떠한가. 그 순간 세상이 아름다워지는데. 주위를 둘러보니 귀부인들이 음악에 맞춰 춤을 추고 있는 것이 아닌가. 그렇지, 여기는 아주 유명한 성이지. 성주가 돈키호테를 연회에 초대했지. 지금 먹고 있는 것은 뻣뻣한 대구가 아니라 최고급 송어지. 검고 딱딱한 빵이 아니라 희고 보드라운 빵이지. 아 이 얼마나 풍요로운 식탁인가. 얼마나 아름다운 밤인가. 집 떠나길 얼마나 잘했는가.

아 돈키호테, 당신이란 사람 참.

당신의 뇌에서 일어나는 마법이란 참.

염장 대구를 먹는 방법은 정말 다양하다. 사나흘 정도 물을 계속 갈아 주며 불리면 짠맛이 사라지고 쫀득한 식감을 가진 일품 재료가 된다. 익히지 않고 그냥 썰어 회로 먹을 수도 있고, 에스케샤다esqueixadas처럼 식초와 올리브유를 넣고 각종 채소와 함께 새콤달콤 무쳐 먹는 것도 좋다. 굽거나 찌거나 튀기거나, 뜨거운 올리브유에 천천히 익히거나, 우유와 버터를 넣고 끓이거나, 저미거나 으깨거나 통으로 먹거나. 크로케타croqueta나 엠파나다empanada 속에 채워 넣거나. 감자 퓌레와 함께, 토마토소스와 함께, 꿀이나 달콤한 과일과 함께. 헤밍웨이니 피카소니 하는 사람들이 가장 사랑했다던 스페인 음식도 바로 이 달콤한 대구 요리.

그중에서도 당시 주막에서 일반 서민들에게 제공되었을 만한 대구 요리는 어떤 모습이었을까? 돈키호테가 처음 도착한 마을인 푸에르토 라피세에 가면 돈키호테의 첫 음식으로 아호아리에로ajoarriero라는 이름의 요리를 메뉴로 내놓는다.

아호아리에로. 마부의 마늘이라는 뜻인데, 염장 대구를 실어 나르던 마부들이 해 먹던 대구 요리에서 비롯된 음식이다. 당시 염장 대구는 화폐 대신으로 사용되기도 했으며, 육식을 금하는 금요일에도 허용되는 재료였으므로 인기가 많았다. 갈리시아나 바르셀로나 등지에서 내륙까지 염장 대구를 실어 나르려면 적어도 보름 이상 산 넘고 고개 넘고 광야를 가로질러야 했다. 객줏집이라도 만나면 들어가 숙식을 해결하겠지만 대부분 노숙하며 밥을 직접 해 먹어야만 했던 마부들. 그들은 말들에게 물을 먹일 수 있는 호수나 강가에 짐을 풀고, 염장 대구를 강물에 담가 불렸다. 염장 대구 중에서도 값어치가 떨어지는 지느러미나 꼬리 부스러기들을 골랐는데, 값이 저렴하기도 했지만 상대적으로 얇은 부위인지라 단시간에 소금기를 빼고 불릴 수 있었기 때문이다.

이 요리는 무엇보다 불이나 냄비가 없어도 만들 수 있다는 장점이 있다. 약간 오목한 바위와 돌멩이만 있으면 준비 끝. 불린 염장 대구를 바위에 올려놓고 찧기 시작한다. 굳이 뼈를 발라낼 필요는 없다. 돌절구가 뼈까지 먹기 좋게 보들보들 짓이겨 줄 테니까. 간을 더할 필요도 없다. 어차피 소금간이 되어 있으므로. 여기에 마늘 몇 톨 넣고 계속 찧고. 들판에서 로즈메리 이파리 좀 따다 넣고 계속 찧고. 마늘과 로즈메리는 비린내도 잡아 주고 항균 작용까지 하니 일석이조. 올리브유를 넣고 찧으면 식감이 한층 더 부드러워지고. 달리 할 일도 없으니 계속 찧고 더하고 찧고. 마요네즈처럼 걸쭉해지면 끝.

현재 아호아리에로의 모습은 대구 살이 섞인 감자 퓌레 느낌이 더 강하다. 당시 감자가 유럽에 들어오긴 했지만, 감자를 널리 먹기 시작한 것은 17세기 후반. 마부들이 그 무거운 감자를 싣고 다녔을 리도 없고. 후에 마부들 입맛에 맞게 주막에서 새롭게 만들었거나, 비싼 염장 대구 대신 감자를 추가했거나. 지역마다 묽기와 재료 배합이 조금씩 다르지만, 짭조름한 대구 살과 마늘의 알싸한 맛이 어우러진 보드라운 퓌레의 모습은 비슷하다. 그냥 그대로 먹어도 맛있고 빵에 발라 먹어도 맛있다.

　그날 주막집에서 돈키호테가 먹은 대구 요리가 이 아호아리에로라 확정 지을 수는 없지만 제대로만 만들어 주었다면 돈키호테의 말마따나 보드라운 송어 살을 발라 먹는 느낌이 났을 것이다. 굳이 마법이 아니더라도 말이다.

　그런데 그 이름이 왜 마부의 '대구'가 아니라 마부의 '마늘'인지는 좀 궁금해진다. 주재료는 마늘이 아니라 대구였을 텐데. 마늘은 몇 톨 들어가지도 않는데 굳이 마부의 마늘이라는 이름을 붙이다니. 강가에 당나귀와 말들을 풀어 놓고 저녁 식사 준비를 하는 그 시절의 마부들을 상상해 본다. 움푹한 바위를 가운데 두고 둘러앉아, 누군가 절구질을 하는 동안 누군가는 이야기를 들려주고, 노래를 마친 누군가가 돌절구를 이

어받아 찢기 시작하고. 그러면 또 누군가는 다시 이야기를 시작하고. 서두를 것도 없이, 안달할 것도 없이. 대구 뼈가 씹히지 않을 정도로 부드러워지면, 누군가 꺼낸 딱딱한 빵 조각을 쪼개서 찍어 먹기 시작하고.

그렇다. 혼밥보다는 함께 먹는 밥이 좀 더 풍성하다. 그 말인즉슨 돈키호테에게 함께 다닐 동료가 필요하다는 뜻. 누구겠는가, 돈키호테의 영원한 짝꿍 산초가 있었더라면 이런 굴욕적인 식탁은 없었을 텐데. 그러니까 왜 그렇게 서둘러서 혼자 길을 나섰느냐고. 어쨌거나 그날 돈키호테는 그 형편없는 식사를 마치고, 내친김에 기사 서품을 받는다. 밤새도록 객줏집에서 보초를 선 다음, 객줏집에 모인 모든 사람들이 지켜보는 가운데, 벼락치기로. 그렇게 완전한 기사가 된다.

───── 명태와 대구, 너의 이름은

한국의 명태만큼 많은 이름을 가진 생선이 있을까? 대표 이름은 명태. 낚시로 잡아 낚시태, 그물로 잡아 망태. 생물이면 생태, 냉동이면 동태, 말리면 북어. 북어 중 바닷바람에 바싹 말리면 바닷태, 내륙에서 얼었다 녹았다 반복하며 말리면 황태. 황태 껍질이 노란색이면 제대로 된 황태, 추워서 검어지면 먹태, 더워서 희어지면 백태. 새끼를 말리면 노가리, 반건조로 말리면 코다리. 어디 그뿐인가. 요즘 맥줏집에 가 보면 별의별 명태가 다 있다. 먹태를 가늘게 찢었다는 찢태를 비롯해, 짝태, 망태, 골태, 깡태, 바람태까지, 온갖 명태가 노가리 까듯 즐비하다.

스페인에서 대구를 칭하는 이름도 만만치 않다. 대구는 통틀어 보통 바칼라오bacalao라고 부른다. 생대구도 염장 대구도 말린 대구도 대구의 대표 이름은 바칼라오. 그중 염장으로 자연스럽게 물기를 없앤 품질 좋은 대구는 아바데호abadejo. 쿠라디요curadillo는 배를 갈라 공기 중에 널어 말린 것을 지칭하는데, 소금에 절이지 않고 바짝 말린다. 우리의 바닥태와 비슷하다. 크기가 작은 대구는 트루추엘라truchuela라고 부른다.

등급에 따라 부위에 따라 가격도 천차만별이다. 등심lomo은 올리브유에 스테이크처럼 구워 그 기름 소스를 곁들인 바칼라오 알필필bacalao al pilpil로 만들기 좋다. 등심 옆 뱃살 필레테filetes는 부스러뜨려 크로케타 속으로 많이 사용한다. 대구 뽈살 코코차스cocochas를 비롯해 위장tripas, 꼬리cola 등도 근사한 요리 재료가 된다.

이쯤에서 돈키호테가 주막에 들어가 뭐 먹을 게 없냐고 물었을 때, 객줏집 주인이 대구에 대해 언급한 것을 한번 상기해 보자. 대구가 아니라 명태로 바꿔 돈키호테와의 대화를 재구성해 보면 이러하다.

"명태인지 먹태인지 노가리인지 코다리인지 뭔지 간에, 아무튼 북어 몇 토막이 있긴 있는데, 정 배가 고프시면 그거라도 드시려우?"

"노가리 조각이라도 많기만 많다면야, 생태 한 마리와 진배없으니, 지체하지 말고 냉큼 가져다주시오."

그리하여 객줏집 주인은 코다리 대가리를 대략 물에 묻혀 딱딱한 누룽지와 함께 내놓았다는 이야기.

Acabado el servicio de carne, tendieron sobre las zaleas gran cantidad de **bellotas** avellanadas, y juntamente pusieron un **medio queso**, más duro que si fuera hecho de argamasa. No estaba, en esto, ocioso el cuerno, porque andaba a la redonda tan a menudo (ya lleno, ya vacío) como arcaduz de noria. que con facilidad vació un zaque de dos que estaban de manifiesto. Después que don Quijote hubo bien satisfecho su estómago, tomó un puño de **bellotas** en la mano, y, mirándolas atentamente, soltó la voz a semejantes razones.

고기를 다 먹자 산양치기들은
담갈색 **도토리**를 양가죽 위에 잔뜩 늘어놓더니,
그 옆에 석회로 만들었나 싶을 정도로
딱딱한 **치즈 반 조각**도 내놓았다.
그러는 동안 쇠뿔 잔도 우물의 두레박처럼
찼다 비었다 하며 쉬지 않고 돌았기에
가죽 술 부대 두 통 중 하나가
순식간에 동이 나고 말았다.
배가 충분히 부른 돈키호테가
도토리 한 주먹을 집어 들고
가만히 들여다보며 말했다.

도토리가 불러온 황금시대
도토리

—— 그 한 점은 한 세계였다

친척을 방문하러 미국에 갔다 돌아온 엄마 친구가 도토리 가루와 말린 고사리를 선물로 내놓았다. 냉동 건조 커피나 통조림, 햄 같은 것들을 싸 짊어지고 와 나눠 주던 시절도 있었다지만, 클릭 한 번으로 세계 각국 그 무엇이든 집까지 배달되는 요즘 세상에 도토리 가루며 고사리가 웬 말인가 싶었다.

통통한 고사리가 지천이더래, 도토리는 길바닥에 썩어 문드러지고, 그걸 어떻게 그냥 지나쳐, 오며 가며 주운 게 한 말이라, 묵이나 쒀 먹자 싶어 가루로 내었다는데, 어쩌겠어 감사하다 받아 와야지, 노인네들 머릿속에는 여전히 궁핍한 나라잖아, 그냥 맛이나 한번 보라고.

그렇게 아메리카로부터 온 도토리 가루. 엄마 친구의 시댁 어른이 주워 우리고 말려서 빻아 만든 도토리 가루. 그걸로 묵을 쑤던 엄마는 아주 오래전 엄마의 할머니가 쑤어 주던 묵 맛을 기억해 냈다.

솜씨가 좋은 양반이었어. 없던 시절에 대강 배만 채우면 될 걸, 뭘 그렇게 애를 쓰고 정성을 들여 만드는지. 속껍질을 하나하나 다 벗겨 내고 몇 번이고 물을 갈아 떫은 기를 빼고, 지푸라기로 만든 수세미로 오래 문질러서 가루를 만드니 얼마나 곱겠어. 그러니 그리 야들야들 찰진 묵이 나오는 거겠지? 어디서도 못 먹어 봤다, 그렇게 맛있는 묵은. 오늘따라 그 양반 얼굴이 왜 이리 생생하다니.

나는 본 적이 없는, 음식 솜씨가 기막히게 좋았다던 엄마의 할머니. 홍차에 적신 마들렌처럼, 아득한 시간의 저편으로 인도한 도토리 가루. 관능적인 모양이나 향긋한 냄새를 가진 것도 아닌데, 그저 동글동글한 작은 열매일 뿐인데, 도토리가 불러일으킨 먼 옛날의 추억은 얼마나 풍요로운가.

자, 이렇게 기포가 중대가리처럼 동글동글 풀떡풀떡 올라오면 다 된 거다. 중대가리처럼 풀떡풀떡. 묵이 완성되는 소리. 그 소리가 재밌어서 풀떡풀떡 흉내를 내는 동안 엄마는 엄마의 할머니가 해 주시던 음식들을 소환했다. 도토리묵보다 더 야들야들했다는 메밀묵과, 삶은 다슬기와 박으로 만든 자작자작한 냉국과, 참기름 발라 연탄불에 구운 유과와, 생강 향이 은은한 매작과 같은 것들. 할머니의 다슬기 냉국이 먹고 싶어서 온종일 개천을 돌며 다슬기를 잡던 추억까지. 가난한 시절이 떠올라 주워 만들었다는 아메리카 도토리 가루는, 그렇게 풀떡풀떡 소리를 내며 가난했어도 화사했던 맛의 기억으로 단단해져 갔다. 야들야들하고 고소하고 풍요로운 도토리묵으로.

아무도 주워 가지 않아 지천으로 깔린 미국의 도토리처럼, 스페인에도 도토리가 지천이다. 하지만 그걸 우려서 빻고 가라앉혀 가루로 내었다가, 가루를 다시 끓여 굳혀 만든 묵이라는 음식은, 스페인뿐 아니라 그 어느 나라에서도 본 적이 없다. 스페인에서 도토리는 온전히 돼지들의 몫이다.

도토리만 먹고 자란 이베리코 흑돼지인 이베리코 데 베요타ibérico de bellota. 뒷다리를 소금에 절여 자연 건조한 하몽인 하몽 이베리코 데 베요타가 되기 위해서는 적어도 1년 이상의 방목과 6개월의 염장과 1년 이상의 자연 건조 시간이 필요하다.

차를 빌려 하몽으로 유명한 고장을 찾아간 적이 있었다. 올리브 숲이 사라지고 도토리나무 숲이 펼쳐진 걸 보고 그곳에 가까워진 걸 알았다. 가도 가도 도토리나무. 차를 세우고 숲으로 들어갔다. 나무 그늘이 향긋하게 서늘했다. 흙냄새를 품은 바람이 불어왔다. 가끔 양들의 울음소리와 워낭 소리가 섞여 들어왔다. 그곳에서 검은 발굽의 돼지들을 만났다. 두려워하는 기색도 없이, 이 나무 그늘에서 저 나무 그늘로 옮겨 가는 돼지들. 하몽 공장은 들어가지 못했다. 일반인들에게 개방된 전시실만 슬쩍 둘러보았다. 대신 마을 광장 어느 식당에서 이베리코 흑돼지구이와 하몽을 맛보았다. 그날 맛본 하몽은 특별히 맛있었다.

그것은 더 이상 한 점의 염장 돼지고기가 아니었다. 그 한 점은 한 세계였다. 돼지와, 돼지가 먹은 도토리와, 도토리를 키워 낸 나무와, 나뭇가지에 부는 바람과, 그 바람에 묻어 오는 워낭 소리가 만들어 낸 하나의 세계.

─── 당신은 말린 열매를, 나는 새고기를

돈키호테는 혼자 떠난 1차 출정에서 굴욕만 당하고 돌아온 후, 논밭까지 정리해 장비를 재정비하고, 순박한 농사꾼 산초까지 데리고 2차 출정을 떠난다. 식구들에게 들킬까 작별 인사도 없이, 이만하면 따라잡히지 않겠다 싶을 때까지, 쉬지 않고 달려간다. 산초가 돈키호테를 따라나선 건 모험 때문이 아니었다. 언젠가는 섬의 총독이 될 수도 있을 거라는 돈키호테의 감언이설을 철석같이 믿은바. 그들이 고향에서 멀어질수록 돈키호테는 모험과 가까워지고 산초는 총독에 가까워졌을 것이다.

돈키호테에게 산초는 믿는 구석, 든든한 뒷배였던 것 같다. 보다 과감해지고 보다 무모해진 걸 보면 말이다. 집을 나서자마자 들판의 풍차를 보고 거인이라고 달려들지 않나. 성 베네딕트 교단의 수도사들을 공주 납치범으로 몰아 혼쭐내 주지 않나. 그래서 애먼 산초만 노새 몰이꾼들에게 수염까지 뽑히고. 주인 양반은 귀가 찢어지고 머리통에서 피가 흐르는데도 마법이 어떠니 맹세가 어떠니 성이 어떠니 횡설수설. 주인이 용맹할수록 종자는 그만큼 위험해진다는 걸 알아 버렸으니, 섬이건 총독이건 그냥 이쯤에서 슬그머니 도망을 쳐 볼까 하던 차였다.

도망갈 땐 가더라도 일단 뭣 좀 먹고 가야 할 텐데. 산초의 짐 자루에 든 것이라고는 치즈와 빵과 양파 조금. 그래도 산초, 나름 여행 가방을 제대로 쌌다. 초라하지만 먹을거리도 있고 붕대나 고약 같은 응급 처치약도 있었으니, 갑옷과 창만 달랑 챙겨 들고 맨몸으로 떠나온 돈키호테에 비하면 참으로 현명하고 현실적인 짐가방이다. 산초는 먹을거리를 내놓으며 투정 한번 부려 본다. 참으로 용맹한 기사에게 어울리는 음식은 아닌데 이거라도 드시겠느냐고. 제발 이제 조금만 덜 용맹하셨으면 좋겠다는 말을 이렇게 에둘러 한다 산초는.

그 깊은 뜻도 모르고 돈키호테는 기사도 책을 들먹이며 우쭐대는데, 네가 책을 안 읽어 봐서 모르는데 말이다, 숱한 기사도 책을 다 읽어 왔지만 편력 기사들이 배불리 먹었다는 내용은 본 적이 없단다, 기사들이란 숲이나 인적 없는 곳을 떠도는 인생인데 뭐 대단한 걸 먹었겠느냐, 그저 말린 열매나 들판의 야생초나 손에 닿는 대로 조금씩, 먹더라도 손끝에 닿을 정도로만 아주 조금, 그렇게 먹지 않겠느냐.

그러니까 편력 기사들이 무얼 먹고 사는지 직접 본 바는 없으나, 책에 기사들이 뭘 먹었다는 얘기가 없는 걸 보면 그러리라 짐작한다는 얘기다. 이 말에 산초가 쐐기를 박는다. 저는 일자무식 까막눈이라 그런 책 안 읽어 봐서 모르겠지만, 그렇게 말씀하시니 이제부터는 기사인 주인님을 위해서는 말린 열매fruta seca를 준비하고, 기사가 아닌 저를 위해서는 새고기나 영양가 있는 걸 준비하겠습니다요. 전 기사가 아니니까요!

아무리 쥐엄나무 열매algarrobas가 세례자 요한의 빵이라 불리며 궁핍과 청빈과 고행의 상징이라지만, 흑돼지도 아니고 어떻게 도토리 종류만 먹고 살겠는가. 하몽이 되자는 것도 아니고.

슬그머니 발을 빼는 돈키호테. 산초야, 기사가 매일같이 말린 열매만 먹는 건 아니지 않겠느냐. 광야의 은둔자처럼 개암avellanas이나 쥐엄나무 열매나 도토리를 찾아 먹을 필요는 없지 않겠느냐. 어여 그 빵 좀 나눠 다오.

그리하여 두 사람은 빵과 양파와 딱딱한 치즈를 사이좋게 나눠 먹었다는 얘기. 위에 기별도 안 가게, 손끝에 닿을 정도로 아주 조금 먹었다는 얘기.

―― 지금은 편력 기사가 필요한 시대

그렇게 허기진 배를 달래며 밤을 맞은 돈키호테와 산초. 마침 목동들의 오두막을 발견하게 되는데, 비록 땅바닥에 양가죽 몇 장을 깔아 만든 조촐한 식탁이지만, 진심 어린 호의로 차려 낸 저녁 식사에 초대된다. 작고 둥근 사료통을 엎어 의자까지 만들어 주는 목동들의 시골식 예의. 산초는 냄비의 고깃국을 언제쯤이나 먹을 수 있으려나 조바심이 나지만 한 발짝 떨어져 기다리는 것으로 예의를 지킨다.

모닥불을 지펴 냄비에 끓이고 있는 것은 소금에 절여 말린 염소고기. 일종의 염소 육포다. 언제든지 들고 다니다가 꺼내서 뜯어 먹기도 하고 끓여 먹을 수도 있는 목동들의 저장식품. 목동들의 도시락. 그들은 양가죽 주위로 둘러앉아 염소 육포를 끓여 만든 스튜를 나눠 먹는다. 돈키호테는 앉아서 점잖게, 산초는 서서 게걸스럽게.

이때 서서 음식을 먹는 산초가 안되었던지 돈키호테가 옆에 와 함께 먹자고 청하는데, 편력 기사인 자기가 세상 사람들에게 얼마나 존경받는지 알 수 있게 옆에 앉아서 보란다. 자기가 어른이고 주인이지만 같은 접시로 먹고 마시는 걸 허락하겠노란다. 편력 기사의 도리는 사랑의 도리와 같으니, 어쩌고저쩌고. 그럼 지금까지 함께 나눠 먹은 빵과 양파는? 산초, 정중히 거절한다. 고맙게 받은 것으로 치겠단다. 기사의 하인이라고 베풀어 주는 명예? 그런 건 앞으로도 영원히 사양하겠단다.

저는 말입죠. 예의나 범절과는 상관없이 혼자 먹는 편이 훨씬 좋습니다요. 천천히 씹어야 하고, 조심해서 마셔야 하고, 자주 입가를 닦고, 재채기도 기침도 마음대로 할 수 없고, 체면을 차리며 칠면조고기를 먹으니 혼자 자유롭게 빵과 양파를 먹겠습니다요.

돈키호테에게 뭔가 단단히 뿔이 난 모양. 그래도 돈키호테는 산초를 억지로 끌어다 앉히고, 다 같이 둘러앉아 염장 염소 스튜를 나눠 먹는다. 뿔로 된 잔을 돌려 가며 술도 나눠 마시고. 이 손에서 저 손으로, 우물에 두레박처럼 찼다 비었다 쉬지 않고 돌았으니, 술 한 통이 순식간에 바닥나고. 이제는 본격적으로 디저트를 먹을 시간. 목동들은 설탕을 입힌 도토리 열매와 딱딱한 치즈 반 덩어리를 내놓는다.

이 목동들, 나름 본식과 후식을 구분할 줄 아는 미식가들임에 틀림없다. 견과류는 치즈와 함께 전식으로 주로 먹지만, 설탕이나 꿀을 입히면 후식으로 손색이 없다. 말하자면 꿀 땅콩. 사람들이 꿀 도토리와 치즈 안주에 술잔을 돌리고 있는 사이, 충분히 배가 부른 돈키호테는 도토리를 한 움큼 쥐고서 가만히 들여다보는데. 그렇게 소환된 황금시대의 추억. 돈키호테의 일장 연설이 또 시작된다.

황금시대란 무엇이냐. 네 것 내 것 구분 없이 모두가 공평하게 살던 시대. 애써 일하지 않아도 자연에서 달콤한 열매와

깨끗한 물과 꿀을 자연에서 공짜로 얻을 수 있던 시대. 순진하고 아름다운 처녀 목동들이 희롱이나 음탕한 시도로 더럽혀질 염려 없이 자유롭게 골짜기를 누비던 시대. 속임수나 사악한 행동도 없고 재판할 일도 재판받을 일도 없는 정의로운 시대. 하지만 그런 황금시대는 가고 악습이 늘어나고 여자들이 위험한 시대에 들어오게 되었으니, 그것을 막기 위해 편력 기사가 생겨났다는 것. 처자들을 지키고 미망인들을 보호하며 고아와 가난한 사람들을 구제하기 위하여! 돈키호테는 바로 그 일을 하기 위해 나선 편력 기사라는 것.

편력 기사가 필요한 시대에 대한 한탄. 편력 기사로 나선 자기 자신에 대한 자부심. 자아도취 돈키호테의 장광설에 혀가 내둘릴 정도이지만, 그의 말을 가만 듣고 있다 보니, 진짜 편력 기사가 필요한 시대는 바로 지금이 아닌가 싶다. 여자들이 안심하고 살아갈 수 없는 사회. 여전히 돈키호테가 필요한 시대.

산양치기들은 돈키호테의 말을 전부 알아들을 수는 없었지만, 그래도 편력 기사인 돈키호테를 위해 연주를 들려준다. 노래 잘하는 산양치기 안토니오는 떡갈나무 그루터기에 앉아 사랑 노래를 들려주는데. 사랑이라면 죽고 못 사는 돈키호테의 심정을 어찌 그리 잘 알고, 삼현금을 뜯으며, 나는 알아

네가 나를 사랑한다는 것을 올랄라, 사랑한다는 말을 하지 않았어도 띵까띵까.

모두가 저마다의 황금시대를 떠올리는 바로 그 자리가 황금시대. 도토리가 소환한 황금의 시간. 산초에게 꿀 도토리가 술을 부르는 음식이라면, 돈키호테에게 꿀 땅콩은 꿀맛 같던 황금시대를 부르는 음식.

어쨌거나 도토리가 불러온 아 옛날이여!

Y fue, a lo que se cree, que en un lugar cerca del suyo había una moza labradora de muy buen parecer, de quien él un tiempo anduvo enamorado, aunque, según se entiende, ella jamás lo supo ni se dio cata dello. Llamábase **Aldonza Lorenzo**, y a ésta le pareció ser bien darle título de señora de sus pensamientos; y buscándole nombre que no desdijese mucho del suyo, y que tirase y se encaminase al de princesa y gran señora, vino a llamarla **Dulcinea del Toboso**, porque era natural del Toboso, nombre, a su **parecer, músico y peregrino y significativo**, como todos los demás que a él y a sus cosas había puesto.

«Esta Dulcinea del Toboso, tantas veces en esta historia referida, dicen que tuvo la **mejor mano para salar puercos** que otra mujer de toda la Mancha.»

사람들이 아는 바로는 그가 사는 마을 근처 어느 마을에
용모가 아주 뛰어난 농사꾼 처자가 하나 있었으니,
그는 한때 이 처자를 사랑한 적이 있었지만 그 처자는
그런 사실을 알지도 못했고 눈치도 못 챘던 모양이다.
그 처자의 이름은 **알돈사 로렌소**였는데, 그는 이 처자에게
자기 상상 속 귀부인의 칭호를 주는 게 좋겠다고 생각했다.
그래서 자기 이름과 그렇게 동떨어지지 않으면서
공주나 귀부인의 것으로 손색이 없을 이름을
이것저것 생각한 끝에 마침내
둘시네아 델 토보소라고 부르기로 했다.
그것은 이 처녀의 고향이 엘 토보소이고, 이름도 자신이나
자신의 것들에 붙인 다른 이름들과 마찬가지로
울림이 좋으면서 흔하지 않고 의미도 있어 보였기 때문이다.

'이 이야기에 자주 언급되고 있는
이 둘시네아 델 토보소라는 여자는
돼지고기를 소금에 절이는 솜씨만큼은 라만차를 통틀어
어느 여자보다도 뛰어났다고 한다.'

아름다운 돼지 염장 기술자 아가씨
둘세

───── 달콤 쌉쌀한 둘시네아

초등학교 때 내 별명은 천년여왕이었다. 당시 텔레비전에서 방영되던 만화 주인공 이름과 내 성을 대략 연결해 나온 것으로 특별한 의미는 없다. 그저 누가 나더러 천년여왕이라고 부르면 나는 눈을 흘기고, 그러면 또 광선 발사라며 놀리는, 별명을 붙여 놀리고 발끈하며 즐거워하던 애들 장난질의 한 부분이었다. 만화는 끝까지 보지 못했고 그 내용도 가물가물하지만, 여왕이라는 말이 아주 싫지만은 않았다.

진짜 여왕의 호칭은 중학교 때 획득했다. 하이틴 로맨스와

할리퀸 시리즈 전권을 모두 섭렵한 존재. 퀸 중의 퀸, 할리퀸 천. 친구들은 만화방에 가기 전에 어떤 책을 빌리면 좋을지 반드시 내게 자문을 구했다. '카리브해의 하룻밤'은 야한 장면이 세 번 나와, 하지만 남자가 곱슬머리에 가슴 털이 많아서 좀 별로야, 난 털 많은 남자는 딱 질색이거든, 끝까지 긴장을 늦출 수 없게 만드는 건 '장미의 푸른 가시'야, 매 순간 가시에 찔리는 것처럼 짜릿해, 마지막 장면이 진짜 에로틱한데 배꼽이 찌르르하지. 주인공의 성향에서부터 야한 장면의 강도와 횟수, 궁금한 건 뭐든 다 말해 줄 수 있었다. 그러나 할리퀸 천도 기억하지 못하는 것이 있었으니, 바로 주인공의 이름. 하지만 이름이 무슨 상관이랴. 하이틴 로맨스에서 이름이란 중요하지도 않을뿐더러 구분할 필요도 없고 구분도 안 되는 것이었으므로, 퀸이 되는 데 문제 될 것이 전혀 없었다.

그리고 여기 진짜 여왕의 면모를 획득한 주인공이 있다. 시인들이 아름다운 여인들을 묘사하기 위해 부여했던 모든 속성을 다 가지고 있는 미모. 황금빛 머릿결, 넓은 이마, 무지개 같은 눈썹, 반짝이는 눈동자, 장밋빛 두 뺨, 산홋빛 입술, 진주 같은 이, 석고 같은 하얀 목, 대리석 같은 가슴, 눈처럼 하얀 피부. 가히 신의 경지에 이르렀다 할 수 있는, 전 우주의 여왕으로 불리어도 마땅할 여자. 바로 돈키호테가 떠받들고 다니는 공주 '둘시네아dulcinea' 되시겠다.

둘시네아는 돈키호테와 산초 다음으로 『돈키호테』에서 가장 많이 언급되고 가장 중요한 역할을 맡은, 그야말로 '여주'다. 돈키호테가 결투에 나설 때마다 매번 축복을 구하며 소리 높여 칭송하고, 승리의 영광을 돌리는 단 하나의 존재. 하지만 단 한 번도 얼굴을 보여 주지 않은 미지의 여인이기도 하다. 소문만 무성하고 실체를 알 수 없는 신비로운 여자, 돈키호테의 애절한 부름에 결코 응하지 않는 매정한 여자, 애타게 부를수록 점점 더 깊게 빠져드는 사랑의 블랙홀, 달콤 쌉싸름한 연인의 원조.

둘시네아라는 이름의 공주님은 없다. '달콤하다'는 뜻의 둘세dulce로부터 파생된 상상 속의 이름일 뿐. 편력 기사에게 연인은 반드시 필요한 존재이므로. 연인이 없는 편력 기사는 열매가 없는 나무, 영혼 없는 육체이므로. 돈키호테의 말에 의하면 연인이 없는 편력 기사는 기사도라는 요새에 도둑처럼 담을 넘어 들어온 정통성 없는 사이비 기사이므로. 돈키호테에게도 반드시 연인이 필요했던바. 자신의 이름을 돈키호테 데 라만차라고 지은 것처럼. 늙은 말을 로시난테라 지은 것처럼. 자신의 이름과 잘 어울리면서도 공주나 귀부인의 이름으로 적합한, 음악적이면서도 신비롭고 어쩐지 의미심장한 이

름. 두말할 것도 없이 둘시네아. 둘세dulce에서 파생된 둘시네
아. 그만한 이름이 어디 있겠는가.

둘세란 무엇이냐. 꿀이나 설탕처럼 단것도 둘세. 달콤하고
부드럽고 감미롭고 다정하고 순수한 것도 둘세. 맛있는 걸 먹
었을 때는 '무이 둘세muy dulce!'라고 말한다.

스페인 사람들, 단것 참 좋아한다. 어떤 후식들은 혀가 얼
얼할 정도로 달다. 아몬드 가루를 꿀로 반죽해 만든 톨레도
의 유명한 마사빵mazapan은 두 조각만 먹어도 혈관까지 당분
이 전달되는 느낌이 든다. 밀가루 반죽을 기름에 튀겨 꿀에
잰 플로레스 데 사르텐flores de sarten 위에, 우유와 설탕, 계란으
로 만든 크림 나티야natilla를 듬뿍 뿌리고, 거기에 아이스크림
까지 얹어 나온 후식은 보는 것만으로도 설탕 소름이 돋는다.
단것 전문점 둘세리아에 들어가면 꿀통에서 허우적거리는
느낌이 든다.

짜릿하게 몽롱한 맛. 둘세는 그런 것이다. 딱 한 입만으로
도 온몸을 장악하는 천년여왕의 광선. 그리고 둘시네아는 모
든 단맛들의 여왕, 퀸 중의 퀸, 달콤함의 천년여왕이시다.

그렇다면, 둘시네아는 그저 돈키호테의 필요에 의해 만들어진 상상 속의 인물일 뿐인가? 아니다. 인근 마을에 사는 용모가 뛰어난 농사꾼 처녀 알돈사 로렌소Aldonsa Lorenzo! 라만차의 시골 양반이 한때 짝사랑했던 여인. 말 한번 못 붙여 보고 애만 태우던 여인. 고향은 엘 토보소. 돈키호테의 고향은 두루뭉술하게 라만차 지역이라고만 했으면서, 둘시네아의 고향은 꼭 집어서 정확하게 엘 토보소. 엘 토보소의 아름다운 농사꾼 처녀 로렌소.

그리고 여기 둘시네아에 대한 새로운 정보가 있다. 톨레도 알카나 시장에서 비단 장수에게 구입한 돈키호테 이야기 책에 달린 주석에 의하면, "이 이야기에 자주 언급되고 있는 이 둘시네아 델 토보소라는 여자는, 돼지고기를 소금에 절이는 솜씨만큼은 라만차를 통틀어 어느 여자보다도 뛰어났다"라는 말씀. 그러니까 둘시네아, 엘 토보소의 알돈사 로렌소는 손맛이 좋은 돼지 염장 기술자였다는 말씀. 라만차에서 최고가는 돼지 염장 기술자 아가씨 둘시네아.

염장 돼지라 하면 일단 하몽을 떠올릴 수 있다. 돼지 뒷다리를 염장해서 말린 스페인 햄이라고 할까. 껍질이 붙어 있는 삼겹살을 소금에 절인 판세타panceta. 삼겹살에서 지방만 잘라서 염장한 토시네타tocineta. 판세타는 베이컨처럼 다양한 요리에 사용되고 바싹 튀겨 먹기도 한다. 토시노는 얇게 썰어 혓바닥에 올려놓으면 버터처럼 녹는다. 실제로 겨울철에 주요한 지방 공급원이기도 했다. 차르쿠테리아charcuteria에 가면 볼 수 있는 수많은 염장 건조 돼지고기들. 얇게 저며 소금 간을 해서 말린 육포 타사호tasajo, 안심을 염장해 말린 로모, 간 고기를 위장에 넣어 말린 소시지의 일종인 살치차salchichas, 살치촌salchichon, 초리소chorizo……

산초도 알고 있었다. 알돈사 로렌소라는 여자를. 산초의 기억 속에 그녀는 마을에서 어느 힘센 젊은이보다 몽둥이를 잘 던지는 여자, 목소리가 어찌나 큰지 마을 종탑에서 먼 곳의 휴경지에 있는 젊은이들을 불러 세울 수 있는 여자, 예쁜 척하는 애교 따위는 전혀 없고, 아무하고나 장난치고 입담이 아주 좋은 여자. 아 멋있다, 알돈사. 꿀 뚝뚝 떨어지는 진주니 산호니 하는 것보다 훨씬 더 근사한 여자다. 하지만 산초로서는 실망, 대실망. 돈키호테가 그렇게 칭송해 마지않는 둘시네아라면 적어도 귀부인 공주님 정도여야 마땅한데, 웬만한 남자보다 더 튼튼한 농사꾼 처녀라니.

실망을 감추지 않는 산초에게 돈키호테가 말한다. 그 여인

이 아름답고 정숙한 여자라고 생각하고 믿으면 되는 거라고. 실제로 고귀하다고 상상하고 믿는 것. 그것이 사랑의 시작이라고. 이 또한 멋지지 아니한가. 믿어라, 그것이 사랑이다.

───   산초의 둘시네아

문제는 돈키호테가 그녀의 이름을 애타게 부를수록, 그녀의 존재가 강력해질수록, 돈키호테의 상처와 고통은 그만큼 더 깊어 간다는 것. 짝사랑으로 인한 이 고통을 어찌해야 할까? 돈키호테는 고행을 통해 해결하기로 한다. 깊은 산속에 들어가 옷을 찢고 바위에 머리를 찧고 알몸으로 물구나무를 서고…… 그런다고 사랑의 고통이 사라질까마는, 그보다 더 큰 임무가 산초에게 내려졌으니, 엘 토보소에 가서 둘시네아에게 주인님의 편지를 전해 주라는 것.

오 무정하고 아름다운 나의 사랑하는 적이시여, 당신의 아름다움이 나를 멸시하고, 당신의 무정함이 나를 찌르고 있으니, 저를 당신 것으로 삼지 않으시겠다면, 그냥 이 산속에서 칵 죽어 버릴 테니, 이제 당신 뜻대로 하소서.

대략 이런 내용. 돈키호테가 무얼 상상하고 믿고 사랑하고 몸부림치는가는 그의 자유이지만, 내 사랑도 아닌데 산초가 왜 편지 심부름을 해야 한단 말인가. 그런데 대체 누구를 만나 편지를 전해 준다? 돈키호테가 상상해 낸 둘시네아인가, 염장 기술자 알돈소인가. 게다가 돈키호테가 고행하러 들어간 모네라산맥에서 엘 토보소까지는 왕복 350킬로미터. 쉬지 않고 꼬박 걸어간다 해도 일주일은 족히 걸릴 거리.

어찌할까 산초. 산초의 영특한 머리가 분주히 돌아간다. 어차피 돈키호테 머릿속에 있는 공주님, 머릿속에서 만나고 오면 될 일. 마침 돈키호테의 편지도 까먹고 안 가져왔다. 얼마쯤 가다가 발길을 돌린다. 일단 돈키호테의 고행이나 멈추게 하자.

너무나 빨리 돌아온 산초가 이상하긴 하지만, 아무래도 마법사가 도와준 모양이라 여기는 돈키호테. 그러면서 산초가 만난 둘시네아에 대해 자세히 얘기해 주기를 원한다. 자기는 이름만 지어 놓고 살은 산초더러 붙이란 얘기. 돈키호테가 상상한 둘시네아와 산초가 지어낸 둘시네아가 맞부딪친다. 묻고 대답하고, 상상하고 부서뜨리고. 챙강챙강. 주거니 받거니. 두 상상력의 대결.

"얼마나 아름다우시던가."

"찬찬히 못 봐서 모르겠습니다만, 전체적으로 좋아 보이긴 했습니다요."

"아름다운 여왕께서는 무얼 하고 계시던가? 진주를 꿰거나 금실로 문장 장식 수를 놓고 계셨나?"

"어마어마한 양의 밀을 키로 쳐서 거르고 계시던데요. 힘도 좋으시지."

"그 밀알들이 그분 손에 닿아 진주로 변하던가? 순백색 밀알이던가? 봄보리 같던가?"

"그냥 누르끼리하던데요."

"그분 손을 거쳐 새하얀 빵이 되었겠지. 내 편지에 입을 맞추시던가?"

"밀을 계속 치면서 바쁘니까 그냥 자루 위에 올려놓고 가라 하시던데요."

"천천히 읽으시려는 게지. 나에 대해 무얼 안 물으시던가?"

"전혀요."

"그토록 높으신 분을 사모할 수 있다니 얼마나 은총인가?"

"크긴 크시더라고요. 저보다 한 주먹 정도 더 큰 걸 보면."

"그분 곁에 갔을 때 가시덤불 속 장미나, 들판의 붓꽃이나 호박 보석 같은 향기가 나지 않던가?"

"남자 냄새 같은 걸 느꼈습니다. 몸을 많이 움직여 땀이 나서 그랬나 봅니다."

"소식을 전한 사례로 보석 같은 걸 주시지 않던가? 보통 심부름에 대한 감사 표시로 훌륭한 보석을 주는 게 관례인데."

"요즘엔 빵과 치즈 한 조각이 관례인가 봅니다요. 정확히 말하자면 양젖 치즈queso ovejuno를 주셨습죠. 참 야박하기도 하시지."

"나중에 내가 그분을 만나게 될 때 모두 보상이 될 걸세. 좋은 것은 다 부활절이 지나고 온다고 하지 않았는가."

돈키호테의 상상과 산초의 임기응변 사이의 간극. 꿀과 염장 돼지의 간극이라고나 할까. 어쨌거나 이 지루한 입씨름의 승자는 산초인 듯하다. 그럴 수밖에. 돈키호테의 상상은 공중에 붕 뜬 뜬구름이라면, 산초의 상상은 현실에 두 다리를 박은 것이니까. 산초가 즐겨 쓰는 "염장 삼겹살이 없는 곳에는 걸어 놓을 말뚝도 없다"라는 속담처럼, 산초의 둘시네아는 말뚝을 단단히 박아 놓고 걸어 놓은 염장 돼지고기였으니까.

나로서는 뜬구름 잡는 돈키호테의 둘시네아보다 산초의 둘시네아가 훨씬 더 매력적이다. 입담 좋고 힘도 세고 목소리도 걸걸한 여장부이자, 진주나 꿰고 앉은 손이 아니라 밀을 치고 소금을 다룰 줄 아는 손을 가진, 감사 표시로 보석이 아니라 양젖 치즈와 빵을 선물할 줄 아는, 참으로 근사한 염장 기술자 아가씨.

둘시네아. 온 우주의 여왕이었다가 돼지 염장 기술자였다가 마늘 냄새 풍기는 사마귀 여자로 전락할 여자. 그러고 보면 둘시네아는 돈키호테의 여인이 아니었다. 돈키호테와 산초의 합작품. 돈키호테는 둘시네아라는 이름과 천상의 아름다움을 주었고, 산초는 지상의 아름다움과 지옥을 함께 선사했으니. 더없이 아름다우시다, 달콤 쌉쌀한 돼지 염장 기술자 아가씨.

─── 부활절 후에 먹는 달달한 꿀 과자들

편지를 전한 답례로 겨우 양젖 치즈 한 조각을 받았다는 산초를 달래는 돈키호테의 말. "좋은 것들은 부활절이 지난 후에 따라온다." 그 와중에 돈키호테는 사순절이 지나고 부활절 이후에 먹는 달달한 것을 떠올리고 있다. 사순절 무렵에는 일요일 외에는 하루에 한 끼만 먹을 수 있기 때문에 부활절 후에 먹는 디저트는 무척이나 중요했다. 기름에 튀겨 열량을 보충하면서도, 와인이나 우유에 적셔 보드랍게 만들어 소화가 잘되고, 금식과 금육의 날들에 대한 확실한 보상이 될 만큼 달콤한 빵들.

토리하torrijas는 가장 대중적인 부활절 디저트로, 딱딱하게 굳은 빵을 우유나 와인에 적셔서 부드럽게 만든 다음 계란 물을 입혀 튀긴다. 스페인식 프렌치토스트. 꿀이나 설탕, 사탕수수 조청과 계핏가루를 듬뿍 뿌려 먹는다.

카탈루냐, 발렌시아, 무르시아 전 지역에서 두루 먹는 모나스monas de pascua는 커다란 도넛 모양의 케이크에 껍질을 벗기지 않은 삶은 계란을 통째로 가운데 넣고 굽는 것이 특징. 세비아를 비롯한 안달루시아 지방에서 먹는 페스티뇨스pestiños는 반죽을 살짝 꼬아 꿀물에 푹 담갔다 먹는다. 반죽에 화이트 와인이나 독한 아니스anis 술을 넣는 것이 특징. 그 위에 깨를 뿌리기도 한다.

이 밖에도 둥근 모양의 반죽이 특징인 부뉴엘로스buñuelos, 크림을 채워 튀긴 바르톨리요스bartolillos, 반죽에 레몬즙을 넣고 튀긴 다음 꿀물에 푹 담가 먹는 모니아스monillas, 폭신폭신한 튀긴 도넛에 설탕을 듬뿍 뿌려 먹는 로스코스roscos 등도 부활절 뒤에 먹는 달달한 꿀 과자들이다.

둘시네아.
온 우주의 여왕이었다가
돼지 염장 기술자였다가
마늘 냄새 풍기는 사마귀 여자로
전락할 여자.
그러고 보면 둘시네아는
돈키호테의 여인이 아니었다.
돈키호테와 산초의 합작품.
돈키호테는 둘시네아라는 이름과
천상의 아름다움을 주었고,
산초는 지상의 아름다움과 지옥을
함께 선사했으니.

Con todo eso, tomara yo ahora más aína un **cuartal de pan, o una hogaza y dos cabezas de sardinas arenques**, que cuantas yerbas describe Dioscórides, aunque fuera el ilustrado por el doctor Laguna. Mas, con todo esto, sube en tu jumento, Sancho el bueno, y vente tras mí; que Dios, que es proveedor de todas las cosas, no nos ha de faltar, y más andando tan en su servicio como andamos, pues no falta a los mosquitos del aire, ni a los gusanillos de la tierra, ni a los renacuajos del agua; y es tan piadoso, que hace salir su sol sobre los buenos y los malos, y llueve sobre los injustos y justos.

"무엇보다도 말일세,
지금 나는 디오스코리데스가 묘사하고
라구나 박사가 그림을 그린 그 어떤 풀들보다,
거칠지만 큰 빵 한 덩이와 염장 청어 대가리 두 개만
있다면 정말 좋겠네. 어쨌든 착한 산초여,
당나귀를 타고 내 뒤를 따라오도록 하게. 모든 것을
준비해 주시는 하느님께서 설마 우릴 저버리진 않으시겠지.
우리는 하느님을 섬기기 위해 이렇게 방랑하며 다니고
있으니. 하늘을 나는 모기에게도, 땅의 구더기에게도,
물속의 올챙이에게도 부족한 게 없잖은가.
한없이 자비로우셔서 착한 사람에게나 악한 사람에게나
똑같이 빛을 내려 주시고, 바르지 못한 사람에게나
바른 사람에게나 똑같이 비를 내려 주시지 않던가."

마법 향유보다 염장 청어 대가리
염장 청어

───── 외할머니의 참기름 병

어릴 적 복숭아를 먹고 심하게 앓은 적이 있었다. 외할머니
댁에서였다. 복통, 구토, 발열, 두드러기, 식중독인지 알레르
기인지, 복숭아 때문이지 다른 무엇 때문인지. 앓는 나보다도
먼저 죽을 것 같은 사람이 바로 할머니였으니, 왜 아니겠는
가. 방학이라고 내려와 지내는 손녀딸이 온몸에 붉은 반점을
달고 누워 버렸는데.

할머니는 병원으로 달려가는 대신 당신만의 비법으로 나
를 치료했다. 당신이 믿고 있는 만병통치약 참기름으로. 할머

니가 직접 기르고 털어 낸 참깨를 고르고 씻어 말려 방앗간에서 꼬박 지켜 서서 짜낸 참기름으로. 나는 홀딱 벗겨진 채 기름칠을 당했다. 싫다거나 하지 말라거나 반항하지 못했다. 당신이 얼마나 애지중지 아껴 먹는 참기름인 줄 알아서 그랬는지, 할머니 입에서 흘러나오는 주문인지 기도인지 모를 웅얼거림에 기가 눌려서 그랬는지, 누가 붙잡아 맨 것도 아닌데 그냥 두 팔을 쭉 뻗은 채 누워 참기름 냄새를 맡았다. 나는 야무지게 말아 놓은 누드 김밥 같았다. 아니면 그 속에 든 단무지이거나. 그런데 하룻밤 자고 일어나니 놀랍게도 두드러기가 가라앉았다. 그걸로 할머니 참기름의 입지는 더욱 강화되었다. 거 봐라, 참기름이 최고지. 그 후론 입술이 부르트거나 상처가 났을 때, 두통이 있을 때, 언제나 참기름 병이 나왔다. 여드름이 난 내 이마에 참기름을 바르려는 것만큼은 결단코 막아 내긴 했지만.

만병통치는 아니어도 누구나 자신만이 생각하고 있는 특효약 같은 게 있다. 내 지인들 중 누군가는 활명수를, 누군가는 '옥또정끼'를, 누군가는 된장을, 또 누군가는 박카스를 만병통치약으로 믿고 산다. 된장에 비하면 할머니의 침과 참기름은 그나마 믿음직한 구석이 있다. 기름과 침과 소금, 향신료는 상처 치료의 오래된 처방전이니까. 돈키호테의 찢어진

귀를 치료해 주던 목동의 연고처럼 말이다. 로즈메리, 소금, 침. 그 단순하지만 놀라운 조합.

─── 전설의 묘약, 피에라브라스 향유

돈키호테는 기사다. 기사에게 결투와 모험은 일상사다. 하지만 돈키호테의 결투는 일상적이지 않다. 풍차, 양 떼, 돼지 떼, 물레방아, 죄인 호송 수레, 사자. 돈키호테의 눈에는 그 모든 것들이 괴물이고 적군이고 부조리다. 일단 대결하고 물리쳐야 할 대상이라 판단되면 무조건 돌진하는 돈키호테. 투구와 갑옷이라도 완벽히 갖추었다면 좋겠지만, 투구 대신 깨진 세숫대야를 쓰고 얼기설기 덧댄 갑옷을 입고 창고에서 찾아낸 낡은 창을 들었으니, 결투의 결과가 상처와 부상을 수반한 패배라는 것은 불 보듯 훤한 일이다.

하지만! 돈키호테에게도 만병통치약이 있었다. 기사들 사이에서 전설처럼 전해져 내려오는 마법 향유가 있었으니, 그 이름도 경건한 피에라브라스 향유bálsamo de Fierabrás. 사라센의 발란 왕과 그의 아들 피에라브라스가 로마를 정복했을 때 훔쳐 온 것으로, 예수의 시신을 방부 처리할 때 썼던 향유로 알려진 전설의 마법 향유. 돈키호테의 설명에 의하면 인간의 모든 통증과 고통을 순식간에 없애 주는 약이란다. 누군가 공격을 해 온다 해도 상처가 나서 죽을까 봐 걱정하지 않아도 되는 약. 전투에서 몸이 두 동강이 난다 해도, 피가 굳기 전에 재빨리 정확히만 연결하시라! 그러고 난 다음 한두 방울만 뿌려 보시라! 사과보다 싱싱한 몸을 보게 될 터이니! 이건 뭐 만병통치가 아니라 부활의 묘약이라는 말씀이시다.

그런데 왜? 돈키호테는 귀가 찢어지고 머리가 깨졌는데도 그 마법의 향유를 꺼내 쓰지 않았던 걸까? 왜 목동들이 침과 로즈메리, 소금으로 만든 응급약에 의존해야만 했던 걸까? 사실을 말하자면, 돈키호테는 그 마법의 향유를 가지고 있지 않았다. 다만 제조법을 알고 있을 뿐이었다. 지금 당장은 가지고 있지 않지만, 제조법을 알고 있으니 재료만 구하면 언제라도 그 물약을 만들어 모든 상처를 치료할 수가 있다는 것. 그러니까 내 머릿속에 꿀단지가 들었다는 얘기.

산초의 가방 속에도 응급약이 들어 있긴 했다. 지혈 효과가 있어서 일종의 천연 거즈로 사용되던 삼베 실 가닥과 흰 고약. 흰 고약은 포마드 기름에 몇 가지 허브를 첨가한 것으로 당시에 상처 치료 연고로 흔히 쓰던 것들이다. 돈키호테가 앙구스인들에게 당해 귀가 찢어지고 피가 줄줄 흐르고 있을 때, 산초는 자신이 준비해 온 연고를 발라 주려고 하지만 돈키호테는 피에라브라스 향유 한 방울 타령을 하며 거들떠도 안 본다. 그깟 고약이 뭐라고. 피에라브라스만 있으면, 피에라브라스!

산초가 묻는다. 그 마법의 기름은 대체 언제나 만들 수 있는 거냐고. 진짜 허리가 두 동강이 나야만 한답니까? 어디 저세상이나 가야 재료를 구한답니까? 아니란다. 아주 쉽게 구할 수 있는 재료들이란다. 그때 산초의 머리가 재빠르게 돌아간다. 제조법은 돈키호테 머릿속에 있다 하고, 만드는 데 큰돈이 들지 않는다 하고, 섬의 총독이 되자고 위험한 모험을 이어 가기보다는 차라리 그 마법의 약을 만들어 팔면 부자가되지 않겠는가? 그 물약 제조법 좀 알려 주시라. 산초는 산초. 돈키호테는 돈키호테. 그 제조법 알려 줄 수는 있지만, 나랑 모험을 하면 그보다 더 좋은 걸 얻을 테니 안달하지 마라.

—— 지금이야말로 마법의 향유가 필요한 순간

그런데 정말 얼마나 상처를 입어야 그 마법의 물약을 만들 요량인가? 엎친 데 덮치고, 맞은 데 또 맞고, 멍석말이를 당하고, 이가 깨지고, 손가락 하나 움직일 수 없게 되었을 때야 비로소.

시작은 로시난테였다. 시원한 시냇물이 조용히 흐르는 숲속 풀밭. 오랜만에 썩 마음에 드는 장소에서 낮잠이나 자고 떠날까 하던 참이었다. 때마침 그 풍요로운 풀밭에 같은 목적으로 찾아온 무리가 있었으니, 갈리시아의 마부들이 조랑말 무리를 몰고 온 것이렷다. 색정과는 거리가 멀다고 믿었던 로시난테가 갑자기 조랑말 부인들에게 꽂혀 찝쩍댄 것이 시작. 풀 뜯어 먹는 게 좋았던 암조랑말들은 로시난테를 뒷발질로 걷어차고 이빨로 물어뜯어 버리고, 그걸 본 마부들이 말뚝을 뽑아 들고 와 사정없이 두들겨 패니, 로시난테 보기 좋게 나가떨어지고, 또 이걸 본 돈키호테가 가만있을쏘냐. 로시난테 모욕한 자 똑같이 되갚아 주리라, 스무 명이 넘는 갈리시아 마부들을 향해 돌진, 산초도 주인을 따라 얼떨결에 돌격. 그렇게 펼쳐진 20대 2의 전투는 몰매로 마무리. 산초는 몽둥이 두 방에 쓰러지고, 돈키호테는 조금 더 맞다가 저 멀리 로시난테 발치까지 날아가 꽂히고. 산초나 돈키호테나 몸 구석 어디 하나 성한 데가 없었다.

결국 돈키호테는 그나마 멀쩡한 산초의 당나귀 등에 실려 숲을 나와 어느 객줏집에 도착하게 되는데, 여기서는 돈키호테가 문제를 일으킨다. 로시난테와 같은 이유로 말이다. 정말이다. 그렇게 둘시네아를 불러 댔으면서도, 세상의 모든 여인들이 자신을 흠모하고 있다고 믿어 버리는 그 고질적인 도끼병 때문에 문제가 생긴다.

당나귀에 실려 온 돈키호테를 보고 치료를 해 준 여자가 셋. 객줏집 주인과 그녀의 딸, 그리고 아스투리아스에서 온 착한 아가씨 마리토르네스. 마리토르네스는 그날 밤 한 마부와 은밀하게 만나기로 했는데, 하필이면 그 마부가 돈키호테와 같은 방을 쓰고 있었던 것. 치료를 받긴 했지만 갈비뼈가 아파 잠을 이루지 못하는 돈키호테. 어김없이 망상이 시작되는데. 그곳은 성이고, 자신을 치료해 준 아가씨는 성주의 딸이고, 늠름한 돈키호테에게 반해 그의 방에 몰래 올지도 모른다는 망상.

때마침 마부를 찾아온 마리토르네스. 어둠 속에서 침대를 잘못 찾은 것은 무슨 운명의 장난이란 말인가. 두 팔을 벌려 마리토르네스를 껴안고 속옷을 더듬거리며 돈키호테가 하는 말. 아 아름답고 고귀한 공주여 운명이 당신을 이리로 이끌었겠으나 내 마음의 유일한 주인은 둘시네아뿐이니 안 되옵니다. 그러면서도 여전히 손은 풀지 않으니, 둘시네아밖에 없다면서 이 무슨 추태인가. 결국 마리토르네스가 빠져나오려다가 팔꿈치로 턱뼈를 가격하고, 마부가 가세해 사정없이 발길질을 하고 침대가 무너져 내리고, 소란을 감지한 주인 여자가 와서 몽둥이질을 하고, 잠에서 깨어난 산초가 사방팔방 주먹을 날리고. 마부는 산초에게, 산초는 하녀에게, 하녀는 산초에게, 주인은 하녀에게, 뒤죽박죽 주먹질 난장이 벌어진 것이었다. 때마침 형제단이 그곳을 찾지 않았더라면, 형제단이 모두에게 두려운 존재가 아니었다면, 서로를 향한 주먹질은 끝나지 않았을 것이다.

개난장판 싸움으로 가장 큰 타격을 입은 이가 바로 돈키호테였으니, 지금이야말로 피에라브라스 향유 제조에 들어갈 때가 아닌가.

재료는 의외로 간단하다. 로즈메리, 소금, 와인, 올리브유. 아니 그렇게 간단한 것을 여태 알려 주지 않은 이유가 뭔지. 목동들의 연고와 다를 바가 거의 없지 않은가. 특별한 제조법이 따로 있는 것인지도 모른다. 산초가 주막집에 말해 재료들을 구해 오고 드디어 기사의 만병통치약 피에라브라스 마법 향유를 만들기 시작한다.

======= 피에라브라스 향유 제조법

재료 로즈메리, 올리브유, 레드 와인, 소금.

제조법

- 재료를 모두 냄비에 넣고 오래도록 끓인다.
- 끓이는 시간은 전적으로 감에 따른다(충분히 끓였다고 여겨질 만큼).
- 끓인 재료를 유리병에 담는다(유리병이 없을 때는 쇠기름 병을 써도 됨).
- 세 가지 기도문을 외운다. 주기도문, 성모송, 사도신경. 각각 여든 번 이상을 외우는데, 한 구절 외울 때마다 성호를 긋는다. 이 모든 의식을 진행하는 동안 반드시 세 사람의 입회인이 있어야 한다. 예를 들면 객줏집 주인, 마부, 산초.

형태 역한 냄새를 동반한 짙은 핏빛의 액상.

복용법 반 아숨브레(약 1리터)를 벌컥벌컥 마신다. 구토가 나오는 것이 정상이다. 배 속에 아무것도 남아 있지 않을 때까지 다 토해 낸다. 땀이 비 오듯 흘러내리는 것도 정상이다. 담요로 몸을 감싸고 잠을 잔다.

효능 원기 회복과 용기 충전에 탁월.

주의 사항 정식 기사 복장을 갖춘 사람에게만 효능이 있다.

기사가 아닌 종자가 먹었을 경우 효과보다 부작용이 더 많을 수 있다. 다음과 같은 증상이 나타났을 때는 즉각 복용을 멈추고 제조자에게 상의한다. 복용 후 갈증이 나도 절대로 물을 마셔서는 안 된다.

부작용 구토와 설사, 어지럼증, 식은땀, 오한과 발열, 환상과 환청, 발작, 호흡 곤란 등. 환각 증세로 입에 담기 어려운 심한 욕설과 저주가 튀어나오기도 함. 심할 경우 사망에 이르거나 유사 죽음을 경험할 수 있다.

드디어 마법의 물약이 완성되었다. 돈키호테가 그걸 마시고 한잠 자고 난 다음, 몸이 가뜬해졌다고 느낀 걸 보면, 효과도 제법 있는 것 같기도 하다. 한 병의 묘약이 품속에 들어 있으니, 앞으로 그 어떤 전투가 벌어진다 해도 두려울 것이 없었다. 하지만 산초에게는 전혀 소용이 없을뿐더러, 물약이 일으킬 수 있는 모든 부작용이 나타나니, 구토, 설사, 호흡 곤란. 주의 사항을 자세히 알려 주어야 했다. 정식 기사 복장을 갖춘 사람에게만 효능이 있다는 것!

산초의 고난은 여기서 끝나지 않는다. 객줏집에서 먹고 자고 난장판까지 해 놓았으면서, 성주에게 대접 잘 받고 간다며 값을 치르지 않겠다는 돈키호테 덕분에, 오호라 너라도 대신

몸으로 때워라 하고 장난기가 발동한 사람들이, 산초를 담요에 올려놓고 헹가래 치듯 던졌다가 받았다가를 반복하니, 산초는 그저 비명과 애원과 협박을 해 가며 그들이 지쳐 그만둘 때까지 담요에 몸을 맡기는 수밖에. 여기서 중요한 한 가지. 산초가 그렇게 숙박비를 대신해 키질 당하듯 담요에 담겨 헹가래질을 당하는 동안, 돈키호테는 로시난테 위에 앉아 보고만 있었다는 것. 담장 위로 떠올랐다가 떨어졌다 반복하는 산초를, 담장 너머에서 멀찍이.

──── 염장 청어 대가리 두 개만 있다면

이 정도 고난을 겪었으면 정신을 차릴 만도 한데, 오히려 용기백배 의기충천 기고만장 안하무인 사고뭉치가 되고야 말았으니, 왜 아니겠는가, 그에게는 이제 피에라브라스 마법 향유가 있는데. 멀리 양 떼들이 오며 내뿜는 크고 자욱한 모래 먼지를 보더니 엄청난 군대의 행진이라고 낙인찍고, 칼을 빼어 들고 달려 나간다.

자기 양 떼에게 칼을 휘두르는 걸 본 양치기들이 가만있을 리 없다. 양치기들은 새총의 달인들. 산초가 뒤늦게 소리치고 애원하며 만류해도 돈키호테는 돌격 또 돌격. 양들에게 창을 찔러 대는 돈키호테를 두고 볼 수 없었던 양치기들, 새총에 돌멩이를 장전하고 발사. 첫 번째 돌멩이가 돈키호테 옆구리에 명중. 갈비뼈 두 대가 날아간다. 갈비뼈 두 대쯤이야. 그에게는 마법의 향유가 있지 않은가. 약병을 꺼내 입속에 들이붓기 시작하는데, 충분히 마시기도 전에 두 번째 돌멩이의 가격. 약병을 박살 내고 돈키호테의 손가락과 어금니까지, 일타삼피. 말에서 떨어진 돈키호테를 양 떼들이 짓밟고 지나가기까지. 그는 등을 기대고 앉을 힘도 없다. 큰대자로 풀밭에 누워 하늘만 멍하니 바라본다. 가눌 수 없는 몸도 몸이지만, 양떼와 목동들에게 당한 수모는 결코 치유될 것 같지가 않다. 이제 그는 마법의 향유도 없이 어찌한단 말인가.

아 박살 난 약병이여, 산산이 조각난 미래의 전투들이여.

돌멩이가 차라리 그의 머리통을 맞췄으면 좋았을 것. 약을 충분히 마실 시간만 있었어도. 부서진 치아쯤이야 금세 새로 날 텐데. 산초가 살펴보니 위쪽 어금니는 모두 사라지고 아래쪽 어금니 두 개 반만 남았다. 앞니고 어금니고 뽑아 본 적도, 빠져 본 적도 없고, 벌레 먹은 이도 없고, 치통을 앓아 본 적도 없었는데 말이다.

이제 마법 향유의 대단원이 남았다. 산초가 돈키호테 입을

벌려 이가 제대로 남아 있기나 한지 살펴보는 중, 뒤늦게 물약의 부작용이 돈키호테에게도 나타난 것. 부작용 중에서도 구토. 어디에? 눈을 바싹 대고 입안을 들여다보던 산초의 얼굴에. 그 냄새에 덩달아 구역질이 난 산초, 객줏집을 떠나기 전에 마신 포도주로 화답. 그렇게 위장에 든 모든 것을 서로 주거니 받거니 얼굴에 쏟아붓는 것으로 마무리.

이토록 공평하게, 누구 하나 흠잡을 데 없이, 더럽게 처참한 몰골로 만드는, 이토록 강력한 마법의 향유라니! 이럴 때 뭐라도 좀 먹으면 힘이라도 내 볼 텐데. 설상가상으로 먹을 것이 든 산초의 자루까지 사라져 버렸단다.

"그렇다면 오늘 먹을 게 없는 건가?"

"그렇다니까 그러네요. 나리처럼 재수 없는 편력 기사가 먹을 것을 대신한다는, 나리께서 아신다는 그런 대단한 풀들을 이 초원에서 찾을 수 없다면 말입니다요."

"풀이고 뭐고 간에, 디오스코리데스인지 라구나 박사인지가 묘사한 그 영묘한 풀들보다 거칠어도 큰 빵 한 덩이와 염장 청어 대가리 두 개만 있다면, 정말 좋겠네."

아무래도 돈키호테를 위한 영혼의 음식이자 진정한 묘약

은 피에라브라스 향유가 아니라, 기름 잘잘 흐르는 말린 청어인 듯하다. 최악의 순간, 가장 먼저 떠오르는 음식. 사르디나스 아렌케, 염장 청어. 잘 바른 살도 아니고 소박하게 대가리 두 개.

염장 청어가 무엇인가. 우리의 과메기. 그러니까 그 순간 돈키호테는 과메기가 생각났다는 것이지. 잘 바른 살도 아니고 뻣뻣한 대가리를 쪽쪽 빨고 싶었단 말이지. 마음 같아서는 돈키호테에게 구룡포 과메기 짝짝 찢어 마늘, 파 넣고 미역에 싸서 초고추장 푹 찍어 한입 먹여 주고 싶은데. 그거 빨아 먹고 어여 빨리 회복해서 다시 모험을 떠나라고 하고 싶은데.

─── 염장 청어의 맛

예전에 청어는 흔한 생선이었다. 그렇다고 만만한 생선은 아니다. 우선 비리다. 등 푸른 생선들이 대부분 그렇듯이. 그 비린 맛을 사랑하는 사람들도 있지만 굳이 찾아 먹을 만한 맛은 아니다. 비리지 않고도 맛있는 생선은 얼마든지 있으니까 말이다. 그리고 무엇보다 그 빌어먹을 잔가시. 발라도 발라도 묻어 나오는 참 난감한 잔가시들. 그 정도의 잔가시는 마구 씹어 먹을 준비가 되어 있지 않고서야 선뜻 젓가락이 가지 않는다. 그래서인지 잘 발라 먹고 남은 가지런한 청어 가시를 보면 좀 으쓱한 마음이 들기도 한다. 어쩐지 청어를 정복한 듯한 느낌이랄까.

사르디나스 아렌케는 청어를 소금에 절인 다음 훈제 건조해서 만든다. 한때 염장 대구와 함께 화폐로도 사용될 만큼 중요하고도 귀한 음식이었다. 잘 말린 염장 청어는 황금빛이 돈다.

시장에서 염장 청어 장수를 만난 적이 있다. 둥그런 소쿠리에 소담하게 담긴 황금빛 염장 청어. 내가 한참 들여다보고 있자 청어 장수가 소쿠리에서 한 마리 꺼내 손질하는 법을 알려 주었다. 대가리를 떼어 내고 껍질을 벗기고 뼈를 발라내자, 꾸덕꾸덕하게 잘 마른 검붉은 살이 드러났다. 한 입 맛보라고 친절하게도 살을 조금 떼어 건네주었다. 짜고 비린데 고소한 맛이 일품이었다. 그 살을 올리브유에 담갔다 먹기도 하고 구운 야채와 함께 빵에 올려 먹기도 한다고 알려 주었다. 가만 보니 먹는 방식이나 맛이 딱 우리의 과메기를 닮았다.

청어 염장 기술은 대부분 유대인들이 가지고 있었다. 스페인에서 쫓겨나 네덜란드에 정착한 유대인들은 이 기술을 이용해 큰돈을 벌었다. 청어 염장을 위해서 비싼 암염 대신 천일염 정제 기술을 개발해 낸 것도 이 유대인들이다. 개종하고 스페인에 남은 유대인들에게 이 염장 청어는 오래전 영화를 떠올리게 하는 음식이었을 것. 차고 넘치던 염장 청어들. 차라리 염장 기술자 아버지들과 함께 땅을 버리고 유랑을 떠날 것을. 염장 청어 대가리 하나 입에 넣고 쪽쪽 빨면 그 옛날 영화가 떠오를까? 지친 몸을 달래고 마음의 평온을 얻을 수 있을까? 개종한 유대인이었던 돈키호테가 결정적 순간에 떠올린 염장 청어 대가리.

청어는 말려 먹어도 좋지만, 식초에 절여 먹어도 맛있다. 스페인 타파스 집에서는 올리브나 양파 등과 함께 돌돌 말아 꼬챙이에 꿴 청어 식초 절임을 흔히 볼 수 있다. 푸른 껍질 색이 그대로 살아 있어 입맛을 당긴다. 토마토를 갈아 얹으면 짠맛과 단맛, 비린내와 상큼함이 조화롭게 어우러진다. 한여름 맥주와 아주 잘 어울리는 안줏거리다. 그런데 그걸 안주가 아니라 해장으로 먹는 곳도 있다는 소리를 들었다. 독일의 롤몹스rollmops라는 요리가 그것. 청어 식초 절임은 해장에 좋은 안주인가 보다. 술을 부르기도 하고, 술과 함께여도 좋고, 술을 다스리기도 하는 청어.

뭐니 뭐니 해도 제철에 굵은 소금 뿌려 숯불에 구워 먹는 게 최고다. 기름 잘잘 흐르는 등 푸른 생선 굽는 냄새는 누구든 가던 길을 붙잡아 세우게 되어 있다. 이왕이면 한여름 뙤약볕 백사장에서 굽는 청어 냄새를 맡아 볼 일. 짠 바닷바람을 타고 생선 굽는 냄새를 맡았다면, 체면 차릴 것 없다. 양손으로 머리와 꼬리를 잡고, 옥수수 발라 먹듯 후루룩 쩝쩝, 땀을 뚝뚝 흘리면서 쩝쩝, 온 손가락에 비린 청어 기름을 묻혀 가며 쩝쩝, 가끔은 잔가시 하나쯤 볼따구니에 붙여 가며 쩝쩝, 먹어 주면 된다. 대가리도 한번쯤 쪽쪽 빨아 가며 그렇게.

아무래도 돈키호테를 위한
영혼의 음식이자 진정한 묘약은
피에라브라스 향유가 아니라,
기름 잘잘 흐르는 말린 청어인 듯하다.
최악의 순간, 가장 먼저 떠오르는 음식.
사르디나스 아렌케, 염장 청어.
잘 바른 살도 아니고
소박하게 대가리 두 개.

Limpióse don Quijote y quitóse la celada por ver qué cosa era la que, a su parecer, le enfriaba la cabeza, y, viendo aquellas **gachas blancas** dentro de la celada, las llegó a las narices, y en oliéndolas dijo.

-Por vida de mi señora Dulcinea del Toboso, que son requesones los que aquí me has puesto, traidor, bergante y mal mirado escudero.

A lo que, con gran flema y disimul[a]ción, respondió Sancho.

–Si son **requesones**, démelos vuesa merced, que yo me los comeré... Pero cómalos el diablo, que debió de ser el que ahí los puso. ¿Yo había de tener atrevimiento de ensuciar el yelmo de vuesa merced?

돈키호테는 그걸로 얼굴을 닦고는 자기 머리가 왜 자꾸만
시원해지는 것 같은지 알아보기 위해 투구를 벗었다.
그러고는 투구 안에서 **허연 죽** 같은 것을 발견하여
코에다 갖다 대고 냄새를 맡으면서 말했다.
"나의 귀부인 둘시네아 델 토보소 님의 목숨을 두고
맹세하는바, 자네가 여기 담아 내게 준 것은
레케손이 아닌가. 이 망나니 배신자 몹쓸 종자 같으니라고."
이 말에 산초는 시치미를 뚝 떼고 아주 굼뜨게 말했다.
"그게 **레케손**이라면 나리, 그걸 저한테 주십쇼.
제가 먹어 버리겠습니다요. 하지만 그걸 거기에 넣은 놈은
악마인 게 틀림없으니 그놈이 먹어야 되겠는데요.
제가 나리의 투구를 더럽히는
그런 무모한 짓을 하겠습니까요?"

비겁함보다는 무모함
레케손 치즈

——— 양젖 치즈와 두개골

용기란 무엇인가? 투우 소에 멋지게 창을 꽂는 기사는 용감한가 무모한가. 번쩍이는 갑옷을 입고 귀부인들 앞에서 창 시합을 벌이는 기사의 모습은 위풍당당한가 우스꽝스러운가.

돈키호테는 말한다. 용기란 비겁함과 무모함의 극단적인 악덕 사이에 놓여 있는 미덕이라고. 그 사이 어느 즈음을 선택할 수 없다면 무모함의 경지로 올라가는 편이 비겁함의 나락으로 내려가는 것보다 낫다고. 무모한 사람이 용기의 경지에 이를 수는 있지만, 비겁한 사람은 결코 용기의 경지에 가

닿을 수 없다고.

돈키호테의 눈에 왕가의 깃발들로 가득한 수레가 보였다. 그게 무엇이 되었든 돈키호테에게는 새로운 모험. 산초야, 어서 투구를 가져오너라, 내 무기가 필요한 때가 왔나 보구나. 다가가 보니, 수레에는 사자 두 마리가 들어 있다. 아프리카의 길들여지지 않은 사나운 사자. 국왕에게 바칠 진짜 중의 진짜 사자. 하루 종일 먹지 못해 굶주려 있는 위험한 사자. 돈키호테는 자신이 얼마나 용감한 기사인지 보여 주기 위해 사자와 대결할 것을 선언한다. 사자 앞에서는 차라리 비겁을 택하시지. 산초는 잿빛이를 타고 멀리 달아나 눈물을 글썽이고 있고, 다른 이들도 차마 말리지도 못하고. 이제 용기가 돈키호테의 목숨을 앗아갈 일만 남았다.

사자를 향해 창을 들고 돌진하는 돈키호테의 눈앞을 뿌옇게 만드는 것이 있었으니, 그것은 다름 아닌 레케손. 일종의 리코타 치즈. 치즈를 만들고 남은 유청을 뭉쳐 만든 것으로 치즈라기보다는 유제품. 몽글몽글 순두부와 찰랑찰랑 두부 사이의 어느 즈음의 질감. 대략 연두부라고 치자. 연두부를 모자에 넣고 덮어썼다 치자. 물이 줄줄, 흰 죽 같은 게 삐질삐질 흘러내릴 수밖에.

그런데 그게 왜 거기 들어가 있게 된 것인가? 시간을 조금만 뒤로 되돌려 보면, 마침 산초가 양젖을 짜고 있는 목동들에게 레케손 치즈를 사고 있었는데, 갑자기 투구를 가져오라고 소리치는 돈키호테의 성화에 얼른 가긴 해야 했으나, 값을 치른 치즈를 그냥 버릴 수도 없고, 그렇다고 어디 둘 데도 없어 되는대로 투구에 담아 가지고 달려갔던 것. 설마 그걸 덮어쓰고 사자에게 갈 줄 어찌 알았겠는가.

돈키호테가 산초에게 묻는다. 대체 이게 뭐냐고. 두개골이 물러진 것인지, 두개골이 녹아내린 것인지, 아니면 땀을 줄줄 흘리고 있는 것인지. 땀이라면 절대 무서워서 흘리는 건 아니라면서.

참 돈키호테다운 발상이다. 치즈를 두고 두개골이 흘러내리고 있다고 생각하다니. 그 와중에도 무서워서 땀을 흘리는 게 아니라고 강조하는 걸 보면, 무섭기는 정말 무서운 듯.

투구를 벗어 냄새를 맡아 보니, 돈키호테의 눈에도 이것은 녹아내린 골이 아니라 허여멀건 치즈. 산초 이 빌어먹을 놈아 외쳐 보지만, 산초는 발뺌하기 바쁘다. 자기는 절대 그런 짓을 할 놈이 아니라면서. 순두부건 두부건 연두부건, 먹을 게 있었다면 투구가 아니라 제 배 속에 먼저 넣지 않았겠느냐고. 아마도 마법사가 한 짓일 거라나. 이젠 뭔 일만 생기면 마법사 탓이다.

사자지기여, 어서 문을 여시오, 내 사자와 대결을 하리니. 사자지기는 어쩔 수 없이 문을 열고 도망치기 바쁘다. 그런데 이 사자의 전력이 어마어마하다. 지금까지 에스파냐에 온 모든 사자를 통틀어 가장 크고, 아무것도 먹지 않아 배가 고픈, 무시무시하게 못생긴 수사자. 진짜로 죽은 목숨.

그런데 어쩐 일인지 사자는 돈키호테에게 도통 관심이 없다. 입을 크게 벌리고 하품하고는 혀를 내밀어 눈곱과 얼굴을 닦을 뿐. 관심을 보이지 않자 돈키호테는 사자지기에게 몽둥이로 때려 약을 올리라 한다. 사자지기가 돈키호테를 달래며 하는 말. 나리가 얼마나 대담하신지는 이미 똑똑히 밝혀졌다. 아무리 용감한 투사라도 적에게 결투 신청을 하고 시합 장소에서 기다리면 되었지 그 이상으로 할 필요가 뭐가 있겠는가. 결투에 나오지 않는 게 수치고, 기다리던 사람은 승리를 한 것 아니겠는가.

그래 이쯤이면 되었다. 돈키호테의 용기는 증명되었고, 결투에 응하지 않은 사자의 패, 끝까지 결투의 의지를 버리지 않은 돈키호테의 승. 어쨌거나 해피엔드. 멀찍이 도망갔던 산초에게 돈키호테가 으스대며 말한다.

어떠냐 산초, 진정한 용기를 이길 마법이 있겠는가? 마법사들이 내게 행운을 앗아 갈 수는 있어도, 노력과 용기를 빼앗지는 못할 것이야.

그렇다. 어떤 사악한 마법도 진정한 용기만 있으면 이겨 낼 수 있다. 노력과 용기. 어떤 마법도 이겨 낼 수 있는 강력한 무기. 그 무기는 진정 용기뿐이던가? 혹시, 눈앞을 가로막은 물렁한 치즈 덕분은 아니었을까? 눈앞에 씌워진 장막. 또 다른 마법. 용기를 부르는 마법. 그의 눈앞을 가로막던 레케손 치즈는, '눈을 질끈 감고 용기를 내'의 다른 이름.

그 자리에 함께 있던 이가 돈키호테에게 묻는다. 투구에 연한 치즈를 채워 넣은 것을 마법사들이 두개골을 물렁하게 만들어 버렸다고 생각하는 것보다 더한 광기가 있을까. 억지로 사자들과 한판 하려 하는 것보다 더 무모하고 어리석은 짓이 있을까.

돈키호테가 대답한다. 사자와 대결하려는 일이 무모하다는 것은 자신도 잘 알고 있다고. 하지만 모험에 도전하는 일에 있어서는 모자란 것보다는 지나친 편이 낫다고. 소심하고 겁쟁이 기사라는 말보다는 겁도 없고 무모한 기사라는 말이 훨씬 듣기 좋지 않냐고. 그리고 덧붙인다. 이제 자신을 '슬픈 몰골의 기사'가 아니라 '사자의 기사'라 불러 달라고.

사자의 기사 돈키호테.

그날따라 심드렁했던 사자에게 깊은 감사를!

———   함께 먹는 죽, 맵게 먹는 죽, 달게 먹는 죽

가차스gachas는 일종의 걸쭉한 수프, 죽이다. 무엇으로 끓이느냐는 지역에 따라 다른데 밀가루, 옥수숫가루, 완두콩가루, 흰콩 가루 등 그 지역에서 가장 많이 나는 작물을 사용한다.

가차스 만체고gachas manchego 또는 가차스 알모르타gachas almorta. 라만차 지역에서 광범위하게 나는 완두콩 가루를 사용해서 만드는데, 올리브유에 소금에 절인 삼겹살을 튀겨 돼지기름을 충분히 뺀 다음, 그 기름에 완두콩 가루를 볶아 루를 만들어 물을 조금씩 넣어 가며 계속 저어 끓인다. 초리소나 살치촌 같은 소시지 종류나, 식감을 위해서 빵 부스러기migas를 넣기도 한다. 납작한 솥에 끓이는데, 그 솥 그대로 식탁에 올려놓고, 뜨거운 채로 여럿이 함께 나눠 먹는다. 숟가락이나 앞 접시는 필요 없다. 필요한 건 죽을 찍어 먹을 빵. 빵이 숟가락이고 접시다. 바삭한 삼겹살이나 초리소를 건져 먹는 재미. 솥에 머리를 맞대고 후후 불어 가면서 노닥거리는 재미.

안달루시아 지역에서는 올리브유에 마늘과 훈제 파프리카 가루인 피미엔톤 둘세pimienton dulce를 넣어 향과 색을 충분히

낸다. 말하자면 마늘 고추기름을 낸 다음 루를 만들어 수프를 끓이는 방식. 작은 질그릇에 담아 만체고 치즈와 하몽을 듬뿍 올려 먹는데, 계절에 따라 차갑게 먹기도 하고 따뜻하게 먹기도 한다. 아라곤 지역에서는 옥수숫가루와 베이컨을 넣어 만든 죽, 파리네타스farinetas가 있다.

달게 먹는 죽 가차스 둘세gachas dulce는 올리브유에 밀가루를 볶다가 물을 넣어 가며 죽을 만든 다음 설탕이나 꿀을 넣어 만든다. 그 위에는 바싹하게 튀긴 빵조각을 얹고 계핏가루를 뿌린다. 푸체스 둘세puches dulce라고도 하는 디저트의 일종이다.

후에 산초가 망하르 블랑코manjar blanco와 알본디가스albondigas를 너무나 좋아해서, 먹다 남으면 옷 속에 넣어 두었다가 몰래 먹곤 한다는 소문이 돌기도 했는데, 그건 아마도 투구에 레케손 치즈를 숨겨 둔 바로 이 사건에서 비롯된 헛소문으로 보인다. 망하르 블랑코도 가차스 둘세의 일종. 후식으로 먹는 달콤한 죽이다.

-Pero dígame, señor, por el siglo de lo que más quiere: ¿este vino es de Ciudad Real?

–¡Bravo **mojón**! En verdad que no es de otra parte, y que tiene algunos años de ancianidad.

-¡A mí con eso! No toméis menos, sino que se me fuera a mí por alto dar alcance a su conocimiento. ¿No será bueno, señor escudero, que tenga yo un instinto tan grande y tan natural, en esto de conocer **vinos**, que, en dándome a oler cualquiera, acierto la patria, el linaje, el sabor, y la dura, y las vueltas que ha de dar, con todas las circunstancias al **vino** atañederas? Pero no hay de qué maravillarse, si tuve en mi linaje por parte de mi padre los dos más excelentes **mojones** que en luengos años conoció la Mancha;

"그런데 종자 양반,
댁이 가장 사랑하는 것을 두고 맹세하며 말해 보시오,
이 포도주는 시우다드 레알산인가요?"
"브라보! **와인 감별사셔!** 사실 다른 곳에서는
나올 수가 없는 술로, 몇 년 숙성한 겁니다."
"그 일엔 내가 귀신이지! 내가 술에 대해 모르고
지나치는 일이 있을 거라고는 생각지도 마시오.
술을 알아보는 데 정말이지 훌륭하고도 타고난 재능이
내게 있다는 게 믿어져요? 어떤 술이든 냄새만 한번 맡으면
산지가 어디인지, 족보가 어떻게 되는지, 맛은 어떻고
얼마나 오래되었는지, 술통을 몇 번이나 바꿨는지,
술에 관한 것이라면 뭐든지 알아맞히거든요.
하지만 놀랄 건 없어요. 내 핏줄에 우리 아버지 쪽으로
오랜 세월 동안 라만차에서 알려진
아주 대단한 **술 감정사**가 둘이나 있었으니 말이죠."

산초 몸에 흐르는 피
와인

—— 할머니와 산초의 자화자찬

스페인 말에 '노 텡고 아부엘라no tengo abuela'라는 말이 있다. 글자 그대로 해석하자면 내겐 할머니가 없다는 뜻이지만, 자화자찬 뒤에 붙으면서 자찬의 변이 되기도 한다. 지금 내겐 칭찬해 줄 할머니가 없어서 저 혼자 칭찬 중이니 귀엽게 받아들이라는 것. 이곳이나 저곳이나 할머니란 가장 먼저이자 가장 나중까지 칭찬해 주는 절대적인 존재인 듯하다.

물론 내게도 할머니가 있다. 내 식성의 대부분은 친할머니에게서 물려받았다. 그녀는 죽기 얼마 전까지도 생고기를 드셨다. 닭을 한 마리 잡으면 우선 닭발부터 생으로 좃아서(다지는 것이 아니라 좃아서!) 도마째로 놓고 먹었다. 당연히 소주 한 컵(잔이 아니라 컵으로!)과 함께 말이다. 닭발을 좃으면 껍데기와 힘줄과 뼈와 약간의 살을 한 번에 먹을 수 있다. 그걸 두 손가락으로 집어 혓바닥에 올리고 오물오물 오독오독 씹다가, 컵에 따른 소주 한 모금으로 입안을 헹구고, 손가락에 남은 살점을 쪽쪽 빨고, 그렇게 몇 번 반복하고 나면, 기분 좋게 취기가 오르고 닭도 마침맞게 삶아진다. 그러면 말간 닭 국물을 한 그릇 퍼서 호로록 마신 다음 비로소 닭 모가지를 뜯기 시작한다. 나는 다진 생닭발을 좋아하지는 않지만, 팔을 걷어붙이고 열 손가락 쪽쪽 빨아 가며 기름진 닭을 뜯는 모습은, 생전의 할머니와 똑 닮았다고 가족들은 말한다. 닭 모가지를 뜯는 나를 보며 할머니가 살아 돌아오신 줄 알았다고.

나는 그녀의 음식 솜씨가 어떤지는 알지 못한다. 그녀가 차린 밥상 앞에 앉아 본 적이 없으니까. 명절 때면 다 들러붙어 한나절 꼬박 전을 부치곤 했는데, 그 옆에 앉아 고명을 얹어라, 꽃을 얹어라, 허파전을 부쳐라, 그야말로 입으로 전을 다 부치셨다. 그녀의 혀는 대부분 맛을 기억하고 그 맛에 대해 전달하기 위해 존재하는 것 같았다. 그 혀가 어떤 맛을 기억해 냈다는 것은 그 맛을 보고 싶다는 뜻이었다. 추어탕이 자시고 싶으실 때는 내 어머니에게 전화를 걸어서, 네가 끓인 추어탕이 세상에서 제일 맛있다고 칭찬부터 했다. 속내가 휜히 보이는 칭찬에 엄마는 득달같이 미꾸라지를 사러 갔다. 칭찬에는 그런 힘이 있었다.

할머니에게서 내가 물려받은 것은 식성이라고 나는 생각하지만, 본인은 내게 물려준 것이 식성이 아니라 소설가의 자질이라고 믿었다. 네가 소설가가 된 건 모두 내 덕분이다. 자화자찬. 할머니의 노 텡고 아부엘라. 딱히 틀린 말은 아닌 것 같다. 추임새도 넣어 가며 노래도 불러 가며 눈물도 흘려 가며 어찌나 생생하게 이야기를 하는지. 했던 얘기라도 몇 번이고 또 새롭게 말할 수 있는 능력. 나는 죽었다 깨도 못 따라가는 자질이다. 그 자질을 반도 못 물려받았지만 그녀를 모델로 소설은 몇 편 썼다. 그녀에게 보여 주지는 못했다. 내 소설 속에 그녀는 '마귀 같은 식충이 노인네'였으니까.

산초는 뛰어난 혀를 가졌다. 식탐에 관한 얘기가 아니다. 먹는 것 밝히기로야 내 할머니보다 한 수 아래이지만, 그의 혀에는 정말 특별한 능력이 숨어 있었다. 어떤 술이든 냄새 한번 맡는 걸로 산지가 어딘지, 품종이 무엇인지, 얼마나 오래되었는지, 술통을 몇 번이나 바꿨는지, 그 포도주에 대한 모든 것을 딱 알아맞힐 수 있는 능력. 훌륭하고도 놀라운 혓바닥이다. 믿기 어렵지만 그렇다. 다른 건 몰라도 술에 관해서만큼은 확실히 그렇다. 그걸 뒷받침할 만한 근거가 있다. 산초의 아버지 쪽으로 라만차에서 정말 유명한 포도주 감정사가 두 분이나 있었다는 혈통의 내력. 그 두 사람이 얼마나 유능했는지는 다음 일화가 설명해 준다.

한 보데가에서 두 감정사에게 술통에 든 포도주 감정을 부탁했다. 한 사람은 혀끝으로 맛을 보았고, 또 한 사람은 코끝으로 가져가 냄새만 맡았다. 혀로 맛을 본 사람은 포도주에서 쇠 맛이 난다고 했고, 냄새를 맡은 사람은 산양가죽 냄새가 난다고 했다. 술통 주인은 술통은 깨끗하니 쇠나 양가죽 맛이 날 리가 없다고 장담했다. 그래도 두 사람은 자신들의 코와 혀를 믿었다. 시간이 흐르고 포도주도 다 팔려서 술통을 씻으려는데, 술통 밑바닥에서 발견된 것이 있었으니, 다름 아닌 산양가죽 끈이 달린 열쇠. 두 사람의 코와 혀가 정확했던 것이다.

어디선가 들어 봤음 직한 얘기이긴 하지만, 어쨌거나 이런 내력을 전해 줄 기회가 생겼으니 산초는 얼마나 의기양양했을까. 나 이런 혈통을 가진 사람이야. 와인 감정에 있어서만큼은 내 의견 무시 못 하지. 정말 대단하지? 술을 알아보는 데 정말이지 훌륭하고도 타고난 재능이 있으니, 이만하면 자랑 좀 해도 되지 않겠어? 자화자찬. 나 이런 혈통을 가진 사람. 그야말로 물려받은 혓바닥, 타고난 콧구멍이란 얘기. 일견 수긍이 가는 노 텡고 아부엘로.

—— 나는 그분을 내 심장만큼 좋아해요

산초가 제 자랑을 늘어놓고 있는 상대는 '숲의 기사'의 종자. 사실은 산초의 이웃이자 대부이기도 한 토메 세시알이라는 사람이었지만, 가면을 쓰고 커다란 코로 변장을 한 채 기사 하인 행세를 하고 있어 알아보지 못했다. 그렇다면 '숲의 기사'는 누구? 다름 아닌 산손 카라스코 학사. 『돈키호테』 전편에 거쳐 돈키호테를 집으로 돌아오게 하려고 별 이상한 계략을 다 꾸미던 사람. 이번엔 세시알과 함께 기사와 하인으로 변장을 하고 돈키호테 앞에 나타난 것. 미친 사람 데리고 오려고 미쳐 버린 사람. 다른 사람 걱정하다 자기 당나귀 죽일 사람. 남의 집에서 콩 삶는 냄새를 맡고 솥단지째 요리하는 사람. 이건 속담쟁이 산초의 표현이다.

어쨌거나 산손 카라스코의 계략은 이랬다. 2차 출정을 떠나는 돈키호테를 돌려세울 방법이 없어 보이니 일단 보낸 다음 후일을 도모하자. 자신이 기사 복장을 하고 따라가 돈키호테에게 결투를 신청하겠다. 패배자는 승리자의 말에 무조건 따른다는 계약을 미리 합의해 놓는다. 한 살이라도 젊은 산손의 승리는 불 보듯 훤한 일. 패배자가 된 돈키호테는 합의에 따라 집으로 돌아오게 될 것이다.

하인 세시알에게도 임무가 부여되었다. 산초를 돈키호테에게서 떼어 놓아라. 말로 꾀든 먹을 것으로 꾀든, 잘 꾀어서 산초만이라도 먼저 고향으로 끌고 갈 수 있다면, 돈키호테도 어쩔 수 없이 집으로 돌아가게 될 것이다. 대략 그런 전략이었다.

기사들은 기사들끼리 하인들은 하인들끼리, 자연스럽게 자리를 잡고 앉아 각자의 역할을 이어 나간다. 기사들은 사랑 얘기, 하인들은 주인 흥보기. 역시 하인들의 가장 큰 재미는 주인 흥보기다. 세시알이 밑밥을 깐다. 기사들은 다들 어딘가 미친 사람들 같아. 미친 데다 아둔하고, 아둔하지만 용감하고, 용감하지만 인색하고. 미친 사람이야 그렇다 치고 미친 사람을 집에 데리고 오겠다고 미친 척하는 사람은 또 얼마나 기괴하게 미친 것이냐. 이참에 산초도 돈키호테 흥을 볼 만도 한데, 오히려 돈키호테를 두둔하고 나선다. 제 주인이 미치기는 했지만 순진하게 용감한 면이 있어서 미워할 수가 없다고.

어린애처럼 순진하게 미친 저 사람을 어찌 미워하겠냐고.

"그러니까 내 말은, 그분은 꿍꿍이라고는 전혀 모르는 분이에요. 물항아리 같은 영혼을 가진 사람이죠. 누구에게도 나쁜 짓은 할 줄 모르고 모든 사람에게 좋은 일만 해요. 악의라곤 전혀 없어요. 어린아이라도 대낮을 밤이라고 그분을 속일 수 있다니까요. 이런 순박함 때문에 나는 그분을 내 심장만큼이나 좋아하게 되었고, 아무리 터무니없는 짓을 해도 그 사람을 버리고 갈 수가 없어요."

오오 산초 제법이다. 심장만큼 좋아하게 되었다니. 이런 순정한 산초라니. 이쁘다 산초.

두 번째 카드는 가족애 자극하기. 세시알이 그리운 가족 얘기를 하며, 자신은 이제 터무니없는 짓을 관두고 낙향하기로 마음먹었다고 운을 띄운다. 그러면서 슬그머니 딸들 얘기 마누라 얘기. 산초도 집에 두고 온 마누라와 두 딸내미 생각이 난다. 하지만 산초는 언젠가 섬의 총독이 되어 돌아가 제 마누라를 백작 부인으로 만드는 편이 낫다고 판단. 일단은 돈키호테를 따라가 보겠다 한다.

두 번째 카드도 실패다. 아무래도 산초를 돈키호테에게서 떼어 놓기란 쉽지 않을 듯하다. 세시알, 마지막 비장의 카드를 꺼낸다.

커다란 엠파나다. 엠파나다는 음식을 오래 보존하거나 가지고 다니기 쉽게 하려고, 남은 음식을 밀가루 반죽으로 싸서 굽거나 튀긴 데서 비롯된 요리다. 고기, 생선, 해물, 각종 채소나 과일에 치즈나 꿀까지 뭐든 다 넣는다. 갈리시아의 참치 엠파나다는 엠파나다의 기원. 아빌라나 살라망카 지역에서는 하몽, 초리소, 계란을 넣거나 염장 대구를 넣기도 한다.

세시알이 가져온 엠파나다가 얼마나 큰지, 산초의 눈에는 양 한 마리, 그것도 새끼가 아니라 어미 양으로 한 마리가 다 들어간 것처럼 보였다. 실제로는 흰토끼 한 마리를 통째로 채웠다 하니 대략 세숫대야만 했을까?

같은 하인 신세인데 자루의 차원이 달라도 너무나 다르다. 편력 기사니 뭐니 해 가면서 들판에 난 풀때기나 견과류나 찾는 제 주인 때문에, 산초 가방 속에 든 것이라고는 거인 머리통이라도 깨 버릴 만큼 딱딱한 치즈 조금, 쥐엄나무 열매, 개암과 호두를 합쳐 마흔여덟 알뿐인데.

산초의 목소리가 흔들린다. 세시알이 알아채고 옷깃을 잡아끈다. 커다란 덩어리 시골 빵 오가사hogazas를 가졌는데 뭐 하러 손바닥만 한 케이크 토르타tortas를 찾으러 다니느냐고. 모험이고 사랑이고 달달한 공주 같은 건 기사들이나 찾으시라 놔두고, 우리는 토끼 같은 자식이 기다리고 있는 우리의 오두막으로 돌아가자고.

나쁜 세시알. 먹을 것으로 유혹을 하다니. 기사의 종자라면 토끼고기를 넣어 구운 엠파나다 정도는 들고 다녀야 하지 않느냐 으스대더니, 케이크니 시골 빵이니 비아냥거리기까지. 세시알은 모르고 있다. 빵만으로는 충족되지 않는 그 무언가가 있다는 것을. 달콤한 케이크 한 조각이 인생에 가져다주는 활력을.

그나저나 산초는 흔들릴까? 산초는 그대로 돈키호테를 버리고 고향으로 돌아가는 길을 택하게 되는 걸까?

—— 물려받은 피, 옳아 온 피

흔들렸을 것이다. 산초가 말없이 가죽 술 자루를 들어 마시기 시작한 걸 보면. 술 자루를 쳐들고 주둥이에 입을 댄 채 15분 동안이나 밤하늘의 별을 올려다보며 들이켠 걸 보면. 얻어터지고 배 곯고 담요 키질을 당하던 순간들이 혜성처럼 지나갔을 것이다. 헤아릴 수 없이 몸에 와 박히던 몽둥이질과 돌팔매질이 별처럼 반짝였을 것이다. 마누라와 두 딸의 얼굴이 둥근 빵처럼 환하게 떠올랐을 것이다. 모험이고 섬이고 총독이고 무슨 소용이냐 후회했을 것이다. 이제 그만 돌아가자 생각했을지도 모른다. 그런데 술 자루에서 입을 떼고 산초가 한 말.

이 포도주 시우다드 데 레알산 아닌가요?

맞다. 왜 아니겠는가. 세시알이 고향 사람인데 고향 술을 들고 왔겠지, 다른 술을 가지고 왔겠는가. 고향에서 늘 먹던 술맛을 못 알아볼 산초가 아니지. 그리고 이때부터 시작된 자기 자랑. 포도주 감정사를 해도 되겠다고 추켜세우는 세시알에게 혈통이니 열쇠니 얘기를 하는 것은 아주 자연스러운 자랑질. 나 이런 사람이야, 혈통이 말해 준다고, 텡고 아부엘로. 나 소믈리에 할아버지 있어! 대단한 아부엘로.

산초가 옘병하게 맛있다고 감탄했던 시우다드 레알산 와인의 중심지 발데페냐스valdepeñas. 스페인 와인 하면 저절로 떠올르는 리호아나 리베라 델 두엘로 지역에 비해 상대적으로 덜 알려진 와인 산지다. 템프라니요, 카베르네 소비뇽, 시라 등이 주요 품종이다.

시우다드 데 레알산 와인들은 어쩐지 좀 시골스러운 맛이 난다. 오묘한 묘기를 부리기보다는 순박하고 정직하게 다 내보이는 맛. 붉은 흙 맛이 느껴진달까. 스페인 중부 내륙의 초가을 같은 맛이랄까. 산초를 닮은 와인이랄까. 욕 나올 정도로 맛있는 와인이어서가 아니라, 혀가 알아차릴 수 있는 익숙한 와인 맛이었다는 것. 산초의 혀와 코는 포도 품종이니 원산지를 분별하는 데 탁월한 게 아니라, 그저 자신이 즐겨 마시는 동네 보데가의 술맛을 알아보는 데 뛰어났던 게 아닐까?

산초와 세시알은 고향에서 가져온 와인을 다 비운다. 술 자루를 사이에 놓고 마주 누워, 씹다 만 음식을 입안에 그대로 머금은 채 잠 속으로 빠져들면서, 산초가 읊조린다. 사라고사에 도착할 때까지만, 그때까지만이라도 돈키호테를 모시고 가겠다고.

이것은 어쩐지 다짐인 것도 같고 고백인 것도 같다. 아니다, 이것은 다짐도 고백도 아닌, 어쩌면 사랑, 어쩌면 순정. 산초 몸에 흐르는 피에 와인 감정사만 있는 것은 아닌 듯하다. 둘시네아를 향한 돈키호테의 순정한 마음이 산초에게 옮겨간 것인지도. 돈키호테와 한솥밥을 먹으며 함께 한뎃잠을 자고 함께 고통을 겪는 동안, 산초와 돈키호테가 같은 피를 나눠 갖게 되었는지도.

언젠가 산초가 말했듯이 "어디에서 태어났느냐보다 누구와 함께 풀을 뜯어 먹고 사느냐가 중요한 것"이니까. 그것이 사람의 성질을 결정하는 것이니까. 아 순정한 산초. 사랑스러운 산초.

한편 산손 카라스코의 계략은 어떻게 되었을까? 물론 계획대로 결투가 벌어졌다. 두 기사가 무기를 갖추고 말에 올라 서로를 노려보고 서 있는데. 결과는? 세상에나 돈키호테의 승리. 요상하게 꼼짝 않는 산손의 말과 그날따라 좀 달려준 로시난테 덕분에, 돈키호테의 압승. 산손이 오히려 돈키호테의 명대로 둘시네아를 찾아가 무훈을 알려야 되는 상황. 돈키호테를 집으로 데려가기는커녕 돈키호테의 모험에 기름을 끼얹는 역할을 하게 되었으니. 산손은 복수를 다짐하며 집으로 돌아가고, 돈키호테는 당대 세상에서 가장 용맹스러운 편력 기사가 되어 다시 전진. 물론 그 옆에는 순정한 산초가 있다.

이제 산초의 일반적인 이미지를 수정할 때가 온 것 같다. 착하지만 머리가 약간 모자라는 배불뚝이 먹보 술고래가 아니다. 섬 하나를 정복하면 섬의 영주로 만들어 주겠다는 감언이설에 속아 돈키호테를 따라나선 걸 보면 모자란다기보다 순진한 쪽에 가깝고, 읽을 줄도 쓸 줄도 모르지만 온갖 속담을 꿰고 변형해서 돈키호테와 말씨름을 하는 걸 보면 모자람과 영특함을 능수능란하게 오가는 사람. 배불뚝이인 것은 어쩔 수 없는 신체적 특징이고, 먹는 것 밝히고 술을 좋아한다는 건 부인할 수 없는 사실. 하지만 그보다 중요한 산초의 피.

순정한 피.

소믈리에 산초, 순정한 산초. 의리의 산초. 내 사랑 산초.

"그러니까 내 말은, 그분은 꿍꿍이라고는
전혀 모르는 분이에요. 물항아리 같은 영혼을
가진 사람이죠. 누구에게도 나쁜 짓은 할 줄
모르고 모든 사람에게 좋은 일만 해요.
악의라곤 전혀 없어요. 어린아이라도 대낮을
밤이라고 그분을 속일 수 있다니까요.
이런 순박함 때문에 나는 그분을
내 심장만큼이나 좋아하게 되었고,
아무리 터무니없는 짓을 해도
그 사람을 버리고 갈 수가 없어요."
오오 산초 제법이다.
심장만큼 좋아하게 되었다니.
이런 순정한 산초라니. 이쁘다 산초.

primero le cautivarony rindieron el deseo las **ollas,**
de quién él tomara de bonísima gana un mediano
puchero; luego le aficionaron la voluntad los
zaques; y, últimamente, **las frutas de sartén**, y así,
sin poderlo sufrir ni ser en su mano hacer otra
cosa, se llegóa uno de los solícitos cocineros, y, con
corteses y hambrientas razones, le rogó le dejase
mojar unmendrugo de pan en una de aquellas
ollas. A lo que el cocinero respondió:
–Hermano, este día no es de aquellos sobre
quien tiene juridición la hambre, merced al rico
Camacho. Apeaos y mirad si hay por ahí un
cucharón, y **espumad una gallina o dos**, y buen
provechoos hagan.

제일 먼저 그의 욕망을 사로잡아 굴복시켜 버린 것은
솥에 든 요리였다. 중간 크기의 냄비로 한 **냄비**만이라도
얻을 수 있기를 간절히 바랐다.
그다음은 가죽 술 자루가 그의 마음을 빼앗았다.
마지막으로는 기름 팬에 **튀긴 꿀 과자들**이었다.
그는 더 참을 수가 없는 데다 자기 손이 지금 다른 일을
하고 있는 것도 아닌 터라, 열심히 일하고 있는 요리사들 중
한 사람에게 다가가 정중하고도 참으로 배고픈 어투로
빵 한 조각을 큰 **가마솥** 중 하나에
적셔 먹게 해 달라고 부탁했다. 그 말에 요리사가 대답했다.
"형제여, 오늘은 배고픔이 지배하는 그런 날이 아니라네.
부자 카마초 덕분이지. 당나귀에서 내려
거기 국자가 있는지 보게. 그것으로 거품을 떠내듯
닭 한두 마리 떠서 맛나게 먹게나."

솥단지를 걸면 축제가 시작된다
파에야

—— 잔칫집 홍어

잔칫집이라면 결코 빠져서는 안 되는 음식이 있다. 그걸 내놔야 뭔가 잔치를 치렀다 싶고, 그걸 먹어야 어쩐지 잔치에 다녀왔다 싶은 음식. 나로서는 단연 홍어다. 아버지로부터 배운 바로는 그렇다. 잔치 하면 홍어, 홍어 하면 잔치, 홍어 잔치 하면 오빠의 결혼식이 저절로 따라온다. 오빠의 결혼식 음식은 집에서 직접 준비하기로 했다. 잔치다운 잔치를 하겠다는 아버지의 선언 때문이었다. 잔치 음식 준비는 좋은 홍어를 수소문하는 것으로 시작되었다. 홍어는 도착하는 대로 차곡차곡 항아리로 들어갔다. 홍어를 관리하는 일은 전적으로 아버지의 몫이었다. 아버지는 항아리를 지키는 파수꾼 같았다. 홍어 항아리는 잔치의 선포였다.

결혼식 전날, 동원할 수 있는 모든 여자들이 집으로 모였다. 소쿠리야 솥단지야 주방 기구들도 최대한 끌어모았다. 지지고 볶고 삶고 썰고. 안방이며 거실이며 목욕탕이며 난리도 그런 난리가 없었다. 기름 냄새, 고기 냄새, 왁자한 웃음소리. 그야말로 잔칫집이었다. 하지만 흥겨운 것도 딱 반나절. 오후로 접어들면서 슬슬 원망의 목소리가 나오기 시작했는데, 간편하게 갈비탕이나 뷔페 음식을 먹으면 될 일이지, 대체 이게 무슨 사서 고생이란 말인가, 저녁 무렵에는 독재니 폭정이니 하며 폭동이라도 일으킬 것 같은 분위기였다. 하지만 아버지가 홍어 항아리 뚜껑을 연 순간, 그 모든 원망은 잘 삭은 홍어 냄새에 묻혀 버렸다.

홍어를 썰기 시작했다. 잘 삭았나 보려고 한 점, 짜투리는 짜투리라 한 점, 썰고 또 썰고, 썰랴 입에 넣으랴. 맥주병을 따라, 막걸리를 사 와라, 홍어에 묵은지가 빠질 수 있나, 누구네 집 묵은지가 남았다더라, 삶은 고기 좀 더 내와라, 콧등을 썰어라, 탕을 끓여라. 이게 잔치지 뭐가 잔치냐. 머리부터 발끝까지 뻥 뚫리는 듯한 이 기막힌 냄새라니. 고된 노동 후에 마시는 시원한 맥주처럼, 삭힌 홍어 한 점에 모든 피로가 싹 가셨다.

결혼식 당일. 예식이 어떠했는지는 기억나지 않는다. 혼수로 얻어 입은 원피스를 팔락거리며 꽤나 방정맞게 돌아다녔던 것만 기억난다. 다만 홍어가 누구나 좋아하는 음식은 아니었다는 것. 그날 결혼식 하객들 중 잔치라면 홍어라 생각하는 사람들이 적어서였는지, 아니면 너무 많은 홍어를 수소문한 탓인지, 대부분 동이 난 다른 음식들과는 달리 홍어는 결혼식을 한 번 더 치러도 될 만큼 많이 남았다. 남은 홍어는 고스란히 우리 가족의 몫이었다. 제아무리 홍어라지만 매일매일이 곤혹스러운 잔치였다. 입천장이 다 까질 지경이었다. 홍어를 다 해치운 후에도 우리는 한동안 홍어와 함께 살았다. 집 안에 밴 홍어 냄새는 쉽게 사라지지 않는 법. 잔치의 뒤끝은 더럽게도 오래갔다.

—— 부자도 가난뱅이도 마음껏 먹는 날

우리에게 홍어 냄새가 잔치 냄새라면, 산초에게는 고기 굽는 냄새가 잔치 냄새다. 멀리서부터 풍겨 오는 기름 냄새, 고기 냄새. 돈키호테가 그렇게 흔들어 깨워도 정신을 못 차리더니 어디선가 풍겨 오는 기름 냄새에 눈이 번쩍. 냄새만 따라가도 잔칫집에 도착. 아니나 다를까 결혼식 피로연 준비로 한창이다.

옆에서는 축제 의상을 입은 농부들이 풍악을 울리고, 전문 무희들이 꽃춤과 칼춤을 추며 흥을 돋우고, 과연 라만차에서 부자로 이름난 카마초와 아름답기로 소문이 자자한 키테리아의 결혼식답다. 50여 명의 전문 요리사가 동원되어 군부대를 먹일 만한 양의 요리를 하고 있는데, 잔치 음식 준비만 봐도 카마초가 부자는 부자인 듯. 도대체 어떤 음식을 얼마나 많이 만들기에?

산초 눈에 제일 먼저 눈에 띈 것은 아사도asado. 그 스케일이 어마어마하다. 장작을 산처럼 쌓아 놓고 불을 피워 송아지를 굽고 있는데, 송아지를 꿴 꼬챙이가 느릅나무를 통째로 잘라 만든 것이란다. 송아지 배 속에는 어린 새끼돼지 열두 마리를 집어넣었는데, 고기 맛을 더하고 육질을 부드럽게 하기 위함. 송아지 배 속에 새끼돼지 열두 마리가 들어갈까 싶지만, 정말로 그렇다면 아마도 막 태어난 새끼돼지일 터.

불 위에 걸려 있는 솥은 정육점에서 팔리는 고기가 다 들어갈 만큼 컸는데, 그 솥이 또 여섯 개나 된다. 그 속에는 이미 양한 마리가 통째로 들어가 끓고 있고, 거기에 추가될 산토끼며 암탉이며 다양한 새들과 사냥으로 잡은 날짐승들이 나뭇가지에 주렁주렁 매달린 채 대기 중. 또 다른 솥 두 개는 밀가루 반죽을 튀기는 기름 솥으로 염색장 솥보다 더 컸는데, 튀겨진 과자는 커다란 삽을 이용해 옆에 준비된 꿀 냄비로 퐁당퐁당 던져지고 있다.

이 밖에도 도수 높은 주정강화 와인generosos vinos을 채운 가죽 부대가 예순 개가 넘고, 보드랍고 새하얀 빵은 탈곡장의 밀가루 더미처럼 널려 있고, 치즈들은 벽돌처럼 차곡차곡 쌓여 담장을 이룰 정도. 갖가지 향신료들은 몇 근 단위가 아니라 궤짝째로 준비되어 있었으니, 그야말로 마을 전체, 아니 이웃의 이웃 마을 사람들까지 먹고도 남을 만한 양이다.

이 많은 것들 중에서도 산초의 마음을 사로잡고 굴복시킨 것은 솥에 든 푸체로puchero, 그다음으로는 포도주가 든 가죽 술 자루, 마지막으로는 기름 솥에서 튀겨 꿀에 담근 튀김 과자. 역시 산초는 고기와 술, 그다음이 꿀 과자. 식탐의 순서로 치자면 나와 똑같다. 하지만 초대받지도 않은 손님이, 아직 식도 거행되지 않은 상황에서, 뭣 좀 얻어먹어 보자 할 수는 없는 노릇이니, 조심스럽게 다가가 소심하게 묻는다.

자기가 가지고 있는 딱딱한 빵을 푸체로 국물에 살짝 좀 찍어 먹어 봐도 되겠느냐고. 그런데 이게 웬걸. 쭈뼛거리는 산초를 대신해 요리사가 나서서 고깃국을 담아 주는 게 아닌가. 그것도 국자로 깨작거리는 게 아니라 냄비로 인심 좋게 푹푹 퍼서, 닭 세 마리와 거위 두 마리를 담아 내준다. 그걸로 일단 아침 요기나 하라면서. 숟가락이며 냄비까지 다 챙겨 주면서. 그리고 결혼식 잔치 음식의 진짜 의미를 상기시킨다.

"오늘은 누구든 배를 곯는 사람이 있어서는 안 되는 날, 부자든 가난한 자든, 부자 가마초의 이름으로 배 터지게 먹는 날. 그것이 잔치의 진짜 의미."

냄비를 다리 사이에 낀 채 닭 다리를 뜯기 시작하는 산초. 주인님 한 조각 드시겠냐고 권해 보지도 않는다. 물론 돈키호테도 그 닭 다리를 먹을 생각이 없다. 그게 어찌 입으로 들어가겠는가. 이 결혼식 뒤에 숨겨진 애절한 사연을 이미 들어 버렸는데. 아름다운 키테리아를 진정으로 사랑한 청년 바실리오는 지금 슬픔으로 곡기를 끊고 죽어 가고 있는데. 산해진미가 무슨 소용이랴.

바실리오는 누구인가. 잘생기고 영민하고, 운동이면 운동, 음악이면 음악, 무술이면 무술, 뭐 하나 못 하는 게 없는 만능 청년. 단 하나 문제가 있다면, 집이 너무나 가난하다는 것. 옆집에 사는 아름다운 키테리아와 어릴 적부터 오가며 사랑하는 사이였지만, 너무 가난해서 결혼 허락을 받지 못한 것. 키테리아는 부모의 뜻에 따라 바실리오를 버리고 부자 청년 카마초에게 시집을 가게 된 것. 이 결혼식이 끝나고 나면 바실리오는 스스로 목숨을 끊을지도 모르는데. 아 눈물 젖은 웨딩 케이크, 피에 젖을 하얀 손수건이여.

돈키호테가 산초를 나무란다. 산초야, 아무리 배를 굶었어도 그렇지, 그게 지금 입으로 들어가느냐? 넌 대체 누구 편이냐? 방금 전까지만 해도 바실리오 편, 사랑의 편이라고 하지 않았느냐?

산초가 대답한다. 들어가고말고요. 내 닭이 왕이니까요.

지금 제 입에 닭 다리를 넣어 주는 건 카마초니 카마초 편이고, 자신은 그저 닭이나 뜯으면 된다는 얘기. 이기는 편이 내 편이라는 얘기. 닭 다리가 왕이라는 얘기. 아무리 몇 날 며칠 굶었다지만, 산초 정말 대실망이다. 게다가 인간의 가치는 가진 것에 달렸고, 돈의 가치보다는 기술과 지혜로움의 가치가 더 크지 않겠냐고 자기 입으로 말하지 않았는가. 그런 산초가 이제는 바실리오를 칼이나 휘두르며 싸움을 좋아하는 엉터리 녀석이라고 폄하하기까지 한다. 닭 다리가 사람을 이렇게 만드는구나. 기술과 재능을 가진 바실리오와 돈을 가진 카마초의 대결에서 닭 다리 힘을 빌려 카마초의 승리. 그때나 지금이나 돈 가진 자의 승리란 말인가.

때마침 식을 올릴 신랑 신부와 마을 사제와 하객들이 속속 도착하는데, 신부 키테리아의 미모는 지금까지 본 여자들 중에 과연 최고라 할 만했다. 물론 둘시네아를 제외하고 말이다. 하지만 결혼식은 거행되지 못한다. 결정적인 순간, 비운의 청년 바실리오가 식장에 나타난 것. 결혼식장 한가운데 서서 긴 칼을 뽑아 들고는 보란 듯이 자신의 몸에 찔러 넣은 것. 칼날은 몸을 관통해 등 쪽으로 튀어나오고, 피로 범벅이 된 채 땅에 나동그라진 것. 바실리오, 숨이 끊어질 듯 말 듯한 상태에서 키테리아에게 마지막 소원을 말한다.

"자살로 죽은 기독교인은 구원을 못 받으니, 내 죽어서 영혼의 안식이라도 얻으려면, 키테리아 당신이 내 청혼을 받아들여야만 하오. 내게 허락의 키스를 주시오."

키테리아는 죽어 가는 바실리오를 품에 안고 청혼을 받아

들인다. 오 내 사랑 바실리오, 당신은 나의 영원한 신랑. 열정적인 최후의 키스를 하는 순간, 기적이 일어난다. 죽어 가던 바실리오가 거짓말처럼 되살아난 것.

사랑이 일으킨 기적? 아니다. 술수다. 바실리오가 누구인가. 손재주가 좋다 하지 않았는가. 칼 솜씨가 좋다 하지 않았는가. 비밀은 옆구리에 몰래 붙여 놓은 쇠막대에 있었다. 칼이 관통한 것은 바실리오의 심장이 아니라 피를 채워 놓은 쇠막대. 일종의 눈속임. 몸에 칼을 통과시키는 마술을 선보였다는 얘기. 연극과 마술로 키테리아를 빼앗았다는 얘기. 그렇다, 최종 승리는 기술을 가진 자의 것. 좋게 말하면 마술, 나쁘게 말하면 사기.

카마초의 처지에서는 능욕도 이런 능욕이 없다. 카마초뿐이랴. 결혼식 음식을 준비한 마을 사람들이며 동료들까지 조롱을 당한 셈. 동료들이 칼을 뽑아 들고 바실리오를 향해 달려가자, 바실리오 편을 드는 사람들도 칼을 꺼내 방어를 하고, 일촉즉발의 긴장감이 돈다. 누구라도 하나 움찔거리는 순간, 꽃으로 장식된 결혼식장은 피로 물든 전쟁터가 될 것이었다. 이때, 전장의 한가운데로 나선 이가 있었으니. 누구겠는가. 사랑의 일이라면 결코 물러섬이 없는 사람. 사랑의 파수꾼, 돈키호테 기사.

멈추시오오! 사랑으로 인한 모욕에 복수하는 것은 옳지 않소! 바실리오는 키테리아의 것이고, 키테리아는 바실리오의 것이오! 하느님이 합쳐 준 두 사람을 어찌 인간이 갈라 놓는단 말이오! 감히 그것을 시도하려는 자, 우선 이 돈키호테의 창 끝을 통과해야 할 것이오! 그러니 당장 싸움을 멈추시오오오!

오오오 멋있다 돈키호테. 그날따라 창을 휘두르는 폼새가 얼마나 힘차고 노련했는지, 그 목소리가 얼마나 우렁차고 당당했는지.

카마초는 두 남녀를 보내 주기로 한다. 자신이 대인배라는 걸 증명하기 위해. 잔치도 계속된다. 신부는 떠나 버리고 결혼식은 물 건너갔어도, 잔치는 잔치, 음식은 음식. 카마초는 진짜 잔치가 뭔지 아는 부자였던 것이다. 자기를 기념하기 위해서가 아니라 모두와 함께하기 위해 음식을 내어 놓는 것.

잔치를 벌인다는 건 그런 것이다. 커다란 솥단지를 문 앞에 꺼내 놓는 것. 연기를 피워 올려 사람들을 모으는 것. 다 함께 만들어 누구라도 와서 나눠 먹는 것. 부자도 가난뱅이도 기독교인도 무슬림도 모두 한 솥의 국물을 나눠 먹는 것. 모두가 해피 엔딩이었으나, 그 많은 음식을 맛보지도 못하고 돈키호테와 함께 바실리오의 마을로 따라가게 된 산초에게는 새드 엔딩도 그런 새드 엔딩이 없었다.

아 이집트의 솥단지여, 단지 속의 비둘기여, 물거품처럼 사라진 푸체로여.

—— 솥을 걸어라, 판을 달궈라, 기름을 올려라

유난히 기념하는 것도 많고 축제도 많은 스페인. 성탄절이니 부활절이니 성체 축일이니 하는 전국적인 종교 축제는 물론, 여름이 왔으니 겨울이 왔으니 등을 구실로 지역 주민들끼리의 소박한 축제가 시시때때로 열린다. 그 작은 축제를 위해서 1년 내내 북치고 춤추는 연습을 하기도 하고, 단 하루의 행진을 위해 몇 날 며칠 힘을 모아 마을에 꽃길을 만든다. 그리고 축제의 시작을 알리는 것은 단연코 솥단지다. 푸체로를 끓이는 솥단지 오야도 좋고, 넓고 납작한 모양의 팬 파에야paella도 좋고, 꿀 과자를 튀기는 튀김 솥 사르텐도 좋다. 일단 불을 지피고 솥을 거는 거다.

잔치 솥단지로 말하자면 뭐니 뭐니 해도 파에야. 넓고 납작한 모양의 둥근 무쇠 팬을 가리킨다. 손바닥만 한 것부터 장정이 여남은 명이 들어가 누워도 될 만큼 큰 것까지 크기도 다양하다. 파에야는 그 판을 이용해 만든 음식을 지칭하기도 한다. 우리가 흔히 알고 있는 파에야는 해산물과 쌀을 중심으로 한 발렌시아 요리다. 쌀 대신 빵 조각이나 스페인의 얇은 국수 피데우아fideuá를 넣은 요리도 있다. 내륙 지방에서는 해물 대신 토끼고기와 닭고기, 초리소 등을 넣어 파에야를 만든다.

그 안에 무엇을 넣든, 대형 파에야 판을 밖에 내놓는다는 것은 잔치의 선포와도 같다. 아버지의 홍어 항아리처럼. 뚜껑이 열리고 홍어 냄새로 잔치가 시작되듯, 사람들은 파에야 연기를 보고 잔치가 시작되었음을 알아차린다.

성탄절 톨레도에서 다리를 쭉 펴고 누워도 될 만큼 커다란 미가스 파에야를 만난 적이 있다. 기름 연기가 솟아오르고 초리소와 돼지고기 냄새가 사방에 퍼지자 사람들이 모여들기 시작했다. 자루째로 부어지는 빵 조각들, 양파도 한 자루, 초리소도 한 자루, 그걸 뒤섞기 위해 삽이 동원되고, 보는 것만으로도 배가 부른 풍경이었다. 이날의 음식은 모두 공짜였다. 부자도 가난뱅이도 여행자도 동네 토박이도, 이편저편 가릴 것도 없이, 모두 함께 지켜보고 모두 함께 기다려서 먹는 솥단지의 음식. 그것이 진짜 축제의 음식.

산초가 빵이라도 적셔 먹었으면 좋겠다 말하던 바로 그 음식, 푸체로. 고깃국 종합 선물 세트다. 쇠고기, 돼지고기, 닭고

기, 양고기, 초리소, 모르시야morcilla. 부위도 다양하게, 소금에 절인 돼지기름인 토시노tocino, 양 기름, 아롱사태, 머리 고기. 고기라 할 수 있는 건 거의 다 넣는다. 푸체로를 한 솥 끓이면 일단 고기부터 먼저 건져 먹고 그 국물에 감자나 콩, 피데우아 등을 넣고 끓인 수프를 나중에 먹는다. 건져 먹는 고깃덩어리도 덩어리지만, 이 수프가 진짜 진국인데, 각종 고기 기름은 국에 다 녹아들고, 상대적으로 연한 살인 닭고기 살은 결대로 가닥가닥 다 풀어지니, 이보다 진한 국물을 만들어 내기는 쉽지 않을 것이다. 한 그릇 먹고 나면 정말 땀이 쭉 나면서 든든해진다. 우거지 비슷하게 생긴 말린 근대를 넣기도 하는데, 모양새만으로는 우리의 장터 국밥과 완전히 닮았다.

푸체로의 백미는 크로케타이다. 흔히 알고 있는 크로켓 말이다. 전통적인 크로케타는 바로 이 푸체로 국물을 베이스로 만들었다 한다. 고깃국으로 튀김을 만든다고? 물론이다. 이 고깃국을 차갑게 식히면 뼈에서 나온 성분과 기름 성분, 감자 가루, 닭살 등이 서로 엉겨 묵처럼 굳는다. 이걸 모양을 잡아 빵가루를 입혀 튀기면 크로케타가 된다. 그러니까 크로케타는 말하자면 잡탕 고깃국 튀김. 한 솥 그득 끓여 잔치를 하고 난 후에야 맛볼 수 있는 잔치의 정점.

산초의 눈을 사로잡은 또 하나의 음식. 밀가루 반죽을 튀기는 커다란 기름 솥 두 개. 기름에 튀긴 다음 커다란 삽을 이용해 옆에 준비된 꿀 냄비 속으로 던지는 모습이라니. 스페인 전통 꿀 과자를 만들고 있는 중이다.

플로레스 데 사르텐 혹은 프루타 데 사르텐fruta de sarten을 만들고 있는 중이다. 단어만 따지자면 기름 솥에서 나온 꽃 혹은 과일이라는 얘기인데, 밀가루 반죽 튀김 과자를 말한다. 밀가루 반죽을 튀겨서 꿀이나 설탕, 조청에 버무려 내는 방식으로, 중세시대부터 널리 사용된 제과 기술이다. 유대 음식으로부터 비롯되었으나, 차차 무슬림의 영향을 받아 다디단 후식으로 자리 잡았으며, 안달루시아 지방에서는 사순절을 비롯해 축제 때 즐겨 먹었다. 반죽masa은 밀가루에 계란, 강판에 간 숙성 치즈queso añejo를 넣고, 튀김 기름은 올리브유나 버터를 쓰기도 했지만, 중세 시대에는 질 좋은 돼지기름 라드를 사용했다. 그렇게 튀긴 과자는 뜨거운 채로 카냐caña나 꿀, 설탕에 담가 단맛이 푹 배도록 한다. 기름 뚝뚝 꿀 철철 튀김 과자. 도저히 맛이 없을 수가 없는 조합이다.

꽃 모양 쇠틀에 걸죽한 밀가루 반죽을 묻혀 튀긴 플로레스

데 사르텐은 일단 활짝 핀 꽃잎 모양에 가슴이 설레고, 튀김 과자의 바삭한 식감과 꿀물의 달콤함이 조화로운, 그야말로 눈과 귀와 입이 동시에 화사해지는 튀김 과자다. 틀을 사용하지 않고 밀가루 반죽 그대로 튀겨 내는 것은 프루타 데 사르텐. 기름 솥에서 나온 과일이라는 이름. 전자가 후식계의 모란꽃이라면 후자는 후식계의 망고스틴. 어쨌거나 후식계의 여왕이란 말씀.

그런데 이 튀김 과자 어쩐지 낯이 익다. 우리의 전통 과자인 유과, 약과, 매잡과, 유밀과랑 모양도 맛도 참 많이 닮았다. 한 뿌리에서 나온 것인지, 인간들 먹고 즐기고 생각해 내는 요리법이란 게 고만고만한 것인지, 어쨌거나 달콤한 튀김 과자. 지금이야 모양도 곱고 알록달록 색도 입힌 유과나 약과를 너무나 흔하게 먹지만, 내 어릴 적에는 제사나 명절 때나 맛볼 수 있던 고급 과자로 여겨졌다. 말린 유과 반죽을 튀길 때 화사하게 부풀어 오르는 모습이 어찌나 예쁘던지. 튀김 솥 옆에 바싹 붙어 앉아 하나씩 훔쳐 먹으면 조청 없이도 뜨뜻하니 고소하니 감질나니 참으로 맛있었다.

잔치를 벌인다는 건 그런 것이다.
커다란 솥단지를 문 앞에 꺼내 놓는 것.
연기를 피워 올려 사람들을 모으는 것.
다 함께 만들어 누구라도 와서 나눠 먹는 것.
부자도 가난뱅이도 기독교인도 무슬림도
모두 한 솥의 국물을 나눠 먹는 것.
모두가 해피 엔딩이었으나, 그 많은 음식을
맛보지도 못하고 돈키호테와 함께
바실리오의 마을로 따라가게 된 산초에게는
새드 엔딩도 그런 새드 엔딩이 없었다.

—Yo te aseguro, Sancho, que debe de ser algún sabio encantador el autor denuestra historia; que a los tales no se les encubre nada de lo que quieren escribir.

—Y ¡cómo si era sabio y encantador, pues según dice el bachiller Sansón Carrasco, que así se llama el que dicho tengo que el autor de la historia se llama **Cide Hamete Berenjena!**

—Ese nombre es de moro.

—Así será, porque por la mayor parte he oído decir que los moros son amigos de **berenjenas**.

—Tú debes, Sancho, errarte en el sobrenombre de ese Cide, que en arábigo quiere decir señor.

"내가 자네에게 확실히 말하지만,
산초, 우리 이야기를 쓴 작자는 아마도
현명한 마법사인 게 틀림없네.
그런 사람들이 쓰고 싶은 것이라면 모두 드러나게 되어 있지."
"현명한 마법사라니요?
산손 카라스코, 이게 제가 말씀드린 그 학사 이름인데요.
그 사람 얘기로는 그 책의 저자가
시데 아메테 베렝헤나인가 그렇다던데요!"
"그건 무어인의 이름인데."
"그럴 겁니다요. 어디를 가나 무어인들은
가지를 엄청 좋아한다는 말을 들었거든요."
"산초 자네는 그 '시데'라고 덧붙인 이름을 잘못 안 것 같구먼.
그것은 아랍어로 '주인'이라는 뜻이거든."

『돈키호테』의 작가는 가지 선생?
가지

───── 가지가지 한다 가지

저걸 왜 먹나 싶었다, 어릴 적에는. 가지 요리라면 가지나
물밖에 몰랐으니까. 맛이 존재한다면 그저 참기름 향 정도.
좋아하지도 않는 생마늘, 생파 냄새 정도. 참기름의 고소함을
느끼자고 굳이 찌고 찢고 조물조물 주무르는 수고까지 할 필
요가 있나. 저 가지라는 채소는 나물 말고는 될 수 있는 게 그
리도 없나. 가지는 주구창창 나물. 어린이 혓바닥에 나물 맛
은 거기서 거기. 그중에서도 단연 입맛 떨어지는, 거무죽죽하
고 물컹거리고 질척하고 닝닝한 가지나물.

그 가지나물의 맛을 알아본 순간, 나는 비로소 어른이 되었다고 생각했다. 어른의 맛이어서가 아니라, 비로소 혀가 성숙해졌다 느껴졌기에. 이렇게 부드럽고 이렇게 향기롭고 이렇게 고소한 맛이 있다니. 내 입맛을 성장시킨 것이 나물인지 가지인지는 잘 모르겠다. 언제부턴가 나물이라면 무엇으로 만들든 다 좋아하고, 가지라면 어떻게 요리하든 다 좋아하게 되었으니까. 그렇게 나는 가지 예찬론자가 되었다. 오! 가지, 아! 가지, 크하! 가지, 무조건 가지.

가지는 날것 그대로는 먹기 어렵다. 떨떠름한 맛은 물론이고 약간의 독소를 포함하고 있어서다. 그러고 보니 가지는 좀 까칠한 면이 있다. 싱싱한 가지를 손질할 때 꼭지에 돋아난 가시에 찔릴 때가 많다. 냉장고에 두었다가 겉은 멀쩡한데 속이 온통 갈색 씨로 채워진 것을 볼 때도 있다. 매끈하고 반들반들 색 고운 가지 자태에 속은 탓이다. 매끈한 자태 뒤에 숨은 까칠한 매력이랄까.

가장 가지다운 요리는 가지절임이다. 가지가 가진 색과 모양과 질감을 유지하고 있다는 점에서 그렇다. 쌀겨와 된장에 푹 박았다가 먹는 가지 누카즈케. 간단히 식초 물에 며칠 절였다가 먹는 가지절임. 일본식 가지절임은 아삭함과 쫄깃함 사이에서 줄 타는 맛이 있다. 스페인 안달루시아 지역의 가지절임도 빼놓을 수가 없다. 올리브처럼 담그지만 올리브에서 맛볼 수 없는 부드러움과 향기로움이 있다. 그중 베렌헤나 데 알마그로berenjena de Almagro는 딱 계란만큼 자란 어린 과육을 꽃자루째로 따서 절인다. 모양도 어찌나 예쁜지. 가지가 영어로 왜 에그플랜트eggplant인지 그 어원을 명확히 보여 주는 자태. 촛물에 끓여서 만든 가지 에스카베체는 절임과 졸임의 중간쯤으로 새콤달콤 부드러운 맛이다. 가지 에스카베체에 올리브유를 듬뿍 뿌려 빵에 얹어 먹으면 흠 소리가 절로 난다.

사실 내가 알아차린 가지 요리의 맛이라면, 이게 정말 가지인가 싶은 맛이다. 구운 가지를 속만 파내서 만든 가지 캐비아. 일종의 가지 페이스트인데 치즈, 요구르트, 레몬, 깨, 양파 등 온갖 것들을 더해 다양한 맛을 낸다. 담백하면서도 기름진 아주아주 부드러운 고기를 먹는 기분이다. 아니다. 웬만한 고기 요리를 뛰어넘는, 먹어 본 적 없는 캐비아를 먹고 있다고 느끼게 만드는 그야말로 캐비아다. 가지를 가난한 자들의 캐비아라고 한다지만, 가격이 아니라 맛으로만 따지자면 캐비아를 능가하고도 남는다. 그냥 그대로 먹어도 좋고, 빵에 발라 먹어도 좋고, 고기 요리에 소스처럼 곁들여도 좋다. 친화력이 좋은 애인 같다.

뜨거운 맛을 보여 줄 때도 있다. 녹말을 입혀 튀긴 다음 두부, 고기, 채소 등을 넣고 볶은 중국식 가지볶음. 성급히 달려들었다가는 입천장 다 까진다. 거꾸로 가지 속에 소를 넣어 녹말을 입혀 튀긴 가지도 뜨겁기는 매한가지다. 스펀지처럼 기름을 쏙쏙 빨아들이는 가지의 속성에, 튀긴 것을 기름 둘러 한 번 더 볶아 냈으니 그 기름짐이란 이루 말할 수 없다. 그 기름짐이 진짜 매력이다.

사실 가지는 튀겨야 제맛이다. 튀긴 가지는 어떤 소스와도 잘 어울린다. 두반장 소스로 뒤범벅을 해도 맛있고, 토마토 소스를 얹어 구워도 맛있다. 굳이 복잡한 소스를 만들 필요도 없다. 튀긴 가지의 단순한 맛을 잘 살리려면 그냥 단물을 좀 뿌리면 된다. 꿀이든 시럽이든 조청이든 잼이든 무엇이든. 그 중에서도 카냐. 카냐는 사탕수수 물을 고아 만든 일종의 조청으로, 달지만 약간 쌉쌀한 맛이 난다. 들쩍지근한 단맛이 아니라 쌈박한 단맛. 디저트로 먹어도 될 만하다.

진짜 가지를 즐기는 가장 단순하고 가장 순정한 방법은 숯불에 구워 먹는 거다. 겉껍질이 시커메질 때까지 구운 다음, 껍질 벗겨 소금이나 설탕에 찍어 먹기. 물론 감자처럼 단단하지는 않아서 숟가락으로 떠먹어야 하지만. 탄 껍질이 약간씩 섞이면 그 또한 별맛. 쓰고 남은 가지가 어디 굴러다니거든 일단 가스 불에 올려 직화로 구워 보시라. 쭈글쭈글하면 쭈글쭈글한 대로, 쫄깃한 가지 맛의 새로운 세계로 인도될 터이니.

───── 무어인들은 가지를 좋아해

소설 『돈키호테』는 독특한 서술 구조를 가지고 있다. 1편의 8장까지는 작가가 만들어 낸 이야기인 것처럼 서술되어 있지만, 돈키호테가 비스카야인과 절체절명의 대결을 벌이기 직전 갑자기 서술을 멈추고 장을 바꿔 이 소설이 어떻게 발견되었는지 과정을 들려준다. 어떻게 썼냐가 아니라 어떻게 발견되었냐라니. 대체 무슨 얘기인가.

그러니까 작가가 톨레도의 알카나 시장에서 우연히 발견한 아랍어 책에 '아라비아 역사가 시데 아메테 베넹헬리가 쓴 돈키호테 데 라만차의 이야기'라고 쓰여 있었다는 것. 그 돈키호테가 바로 그 돈키호테임을 증명하듯, 둘시네아가 삼겹살 염장 기술이 뛰어난 농사꾼이라고 쓰여 있었다는 것. 그래서 이걸 번역가에게 시켜 에스파냐어로 번역했고, 그걸 본인이 새롭게 옮겨 적은 것이 바로 이 '기발한 이달고 돈키호테 데 라만차'라는 것. 그러니까 돈키호테 이야기는 지어낸 이야기가 아니라 실제로 일어난 진실이며, 그것을 기록한 아라비아 역사가가 있고, 그걸 다시 에스파냐어로 번역한 번역자가 있고, 번역문을 소설로 만든 작가가 있다는 것. 가끔 서술자가 아니라 세르반테스 본인도 등장한다. 액자에 액자를 거듭한 형식이라고나 할까.

그렇게 쓰인 『돈키호테』 1편은 베스트셀러가 되었다. 세계 각국의 언어로 번역되어 널리 읽히고 있는 현재의 『돈키호테』가 아니라, 『돈키호테』 2편이 쓰일 17세기 당시의 얘기다. 얼마나 인기가 많았는지, 비루하고 비쩍 마른 말을 보기만 하면 저기 로시난테가 간다 할 정도였고, 사실과는 상관없이 속편이라며 위작까지 생겨났다는 것이다. 후에 돈키호테와 산초가 세 번째 모험을 떠났을 때는 사람들이 길에서 그들을 알아볼 정도. 그야말로 책 덕분에 최고 '핵인싸'가 된 셈이다.

이 이야기를 전해 들은 돈키호테는 그 작가가 현명한 마법사인 게 틀림없다고 생각한다. 그렇지 않고서야 자신들의 이야기를 그리 세세히 알 수 없을 테니까. 이에 산초는 그 책의 저자가 시데 아메테 베렝헤나라고 정정해 준다. 시데 아메테 베렝헤나. 시데는 돈키호테의 말대로 아랍어로 주인이라는 의미. 그렇다면 작가는 아랍 사람? 그것도 가지라는 성을 가진? 산초가 듣기에 그럴 법도 하다. 무어인들은 가지를 엄청 좋아한다는 말을 들어 본 적이 있으므로. 가지를 너무나 좋아해서 이름이 가지인 아랍 마법사가 작가 선생?

그런데 정말 무어인들은 가지를 엄청 좋아했을까? 사실 스페인에 가지를 전해 준 이들이 바로 아랍인들이다. 가지절임 기술을 전파한 것도 그들이다. 9세기경 안달루시아 세비야에 도착한 가지는 코르도바를 비롯해 인근 라만차 지역에서 재배된다. 라만차 지역에서 특히 많이 재배된 이유는 동그랗고 단단한 품종의 가지가 뜨거운 태양과 건조한 지역에서 잘 자라기 때문. 11세기 코르도바의 압둘 알 라흐만 2세 왕궁에 의탁한 궁정 음악가 시리압에 의해 아랍식 조리법이 알려졌고, 그 후로 지금까지 천년 동안이나 카스티야, 안달루시아, 발렌시아 가정에서 일상적으로 먹는 요리가 되었다.

그러니 가지 하면 무어인, 무어인 하면 가지, 작가의 이름이라면 가지 선생 베렌헤나인 것은 지극히 당연해 보인다. 실제로는 베렌헤나가 아니라 베넹헬리이지만, 어쨌거나 가지라는 글자에 점 하나 붙이거나 더해서 만들어진 이름. 그래서 나는 이제부터 『돈키호테』의 작가를 세르반테스가 아니라 가지 선생이라 부르기로 해 본다.

자신들의 이야기가 책으로 만들어졌다니, 그 내용이 궁금하지 않을 수 없을 터. 돈키호테는 살라망카대학에서 공부한 산손 카라스코를 불러 책의 내용을 묻는다. 산손이 읽은 그

책에 의하면, 오직 돈키호테만이 세상 모든 편력 기사의 명예를 가지고 있고, 대담한 용기와 늠름함, 둘시네아에 대한 순수하고 변함없는 사랑을 보여 주고 있다고 했다. 또한 산초가 담요 키질을 당하던 순간도 아주 세세히 묘사되어 있다고 말했다. 얼마나 쉽고 분명하게 쓰여 있는지 남녀노소 다 좋아하더라고.

이에 돈키호테는 그 정도 이야기를 쓰려면 뛰어난 판단력과 성숙한 이해력이 필요하다며 작가를 천재라고 추켜세우면서, 한편으로는 그 이야기를 전해 준 산손에게 점심이나 하자고 청하는데, 평상시 먹던 음식에 새끼비둘기 요리를 두 마리나 추가해서 대접했다고 하니, 기분이 아주 좋았던 모양이다. 일요일 하루 새끼비둘기를 먹기 위해 재산의 4분의 3을 썼던 그 돈키호테가 두 마리씩이나. 산초는 작가가 후속 편을 쓸 수 있도록 하루라도 빨리 모험을 떠나자고 의욕을 불태운다. 한 권이 아니라 백 권이라도 쓰게 만들 수 있다면서.

──── 가지 선생에게 감사하라

그렇다면 『돈키호테』를 쓴 시데 아메테 베넹헬리, 가지 선

생은 어떤 분이신가.

번역가와 서술자와 작가가 언급한 말들을 종합해 보자면 이렇다. 아랍어로 글을 쓰는 아라비아 역사가. 현명하고 신중하며 매사에 아주 정확한 것을 좋아함. 아무리 사소하고 천박한 것이라도 그냥 넘어가는 법 없이, 세세한 점까지 정확하게 파헤쳐서 진실하게 기록하는 역사가. 현자에 가깝거나 현자임이 분명한 사람. 진실하고 성실하고 사려 깊은 작가.

아무렴 그렇지. 『돈키호테』를 쓴 작가인데.

가지 선생께서는 돈키호테에게 일어난 일을 진실하게 기록하는 한편, 그 일에 대한 자신의 감상도 빈틈에 적어 놓곤 했는데, 때론 한탄과 좌절을 때론 축복과 의욕에 불타는 문구들을 넘나든다. 특히 스물네 군데나 터져 너덜너덜한 돈키호테의 양말을 자세히 묘사할 때는, 양말 묘사만큼이나 그에 대한 감상과 심정 표현도 자세했다. 왜 하필 이토록 훌륭한 사람을 박살 내려고 하느냐! 신발이 더러워지고 형편없는 식사를 하고, 오, 가난이여! 가난이여! 그렇게 감정적인 한탄만 있는 것은 아니다. 그보다 더 자주 돈키호테를 응원하고 축복하고 찬미하는데, 그럴 때마다 "알라는 축복받을지어다!"라는 문구를 세 번 반복해 적어 놓곤 한다.

어디 그뿐인가. 가지 선생은 참으로 현명한 문예 창작 선생의 자격을 가졌다. 그는 종종 여러 사람의 입을 빌려 좋은 소설이란 무엇인지, 작가는 어때야 하는지에 대해 말하기도 하는데, 400년이 지난 지금 작가로서 읽어 보아도, 폐부를 찌르며 숙연해지는 데가 있다. 자, 작가가 되기를 꿈꾸는 사람들이여 새겨들으시라! (그런데 왜 자꾸 가지 선생의 말투를 따라 하게 되는 건지, 알다가도 모르겠다.)

소설은 재미있어야 한다. 거짓을 이야기할 때라도 읽는 사람들의 이해와 맞아떨어져야 한다. 불가능한 일을 가능한 일로 만들고 엄청난 사건들을 평범하게 써야만 독자들의 마음을 사로잡을 수 있다. 독자들이 몰두하며 즐겨서 감탄과 즐거움을 느낄 수 있게 해야 한다. 작품을 쓴다는 것은 다양하고도 아름다운 매듭으로 직조된 천을 만드는 일이다. 그러려면 평온한 문체와 기발한 창의력으로 사실에 가깝게 묘사해야 한다. 기타 등등 기타 등등.

더 알고 싶으신 독자여, 『돈키호테』를 찾아 읽으시라! 그리고 세르반테스의 조언대로, 이 가지 선생에게 고마운 마음을 표하시라. 왜냐. 우리의 가지 선생께서는 아무리 사소한 일이라도 분명하게 드러내지 않고서는 넘어가는 일이 없으므로. 세세한 것까지 전해 주고자 했던 그 열의와, 생각을 그려 내고 상상을 들추어내며 무언의 질문에 대답하고 의문을 분명하게 밝혀 주고 문제점들을 풀어 주려는 노력에 대해서 감사하시라!

오 행운아 돈키호테여! 오 유명한 둘시네아여! 오 익살꾼 산초 판사여! 다 함께 저마다 즐거움과 다른 모두의 즐거움을 위해 오래오래 살아가시길! 여기까지는 작가 세르반테스의 문장. 그래서 나도 덩달아 외쳐 본다. 오 세르반테스여! 어쩜 이리 복잡한 서술 구조를 가진 소설을 400년 전에 쓰셨단 말입니까! 오래도록 칭송받으시기를! 오 세르반테스여!

─── 가지절임의 맛

시리아 출신의 한 시인은 가지의 외양을 독수리 발톱 사이에 있는 붉은 양의 심장이라고 노래한 바 있다. 알마그로의 가지는 딱 그렇게 생겼다. 알마그로 가지절임의 기본 장은 식초와 올리브유, 물과 소금. 여기에 훈제 파프리카 가루로 색과 향을 더한다. 가지는 아직 꽃자루를 포함하고 있는 아기 상태일 때 꽃받침과 줄기까지 잘라서 쓴다. 잘 익은 가지를 딴다기보다, 이제 막 생겨난 가지를 줄기째 잘라서 쓰는 셈. 이걸 삶아서 식힌 다음, 오이소박이 만들 때처럼 이등분 혹은 사등분하여 그 틈에 마늘과 파프리카, 허브 등을 끼워 넣고, 절임장을 부어 열흘 정도 익혀 먹는다. 시원하고 쌈박한 이북식 오이소박이와 비슷하다. 맥주 안주로 아주 좋다. 새콤달콤 짭짤. 다른 음식에 곁들여 김치처럼 장아찌처럼 조금씩 잘라 먹어도 좋다. 그야말로 스페인 가지김치 혹은 가지절임.

가지절임의 맛을 애써 설명해 보자면, 한여름 조깅 후에 먹는 냉면 국물의 맛이라고 할까? 땀 촥 흘리고 난 다음 그릇째 들고 꿀떡꿀떡.

안달루시아의 가지절임을 그린 작품 중에 일본의 만화가 구로다 이오우의 『가지』라는 만화가 있다. 가지를 소재로 한 단편 만화 모음인데, 이 중에 「안달루시아의 여름」이라는 단편은 안달루시아에서 개최되는 세계적인 자전거 레이스 '부엘타 아 에스파냐Vuelta a España'에 참가한 레이스 어시스트 페페의 이야기다. 주요 선수가 승리하게끔 상대 선수들을 유도하는 역할이지만, 주요 선수의 부상으로 어쩔 수 없이 레이스를 달려 의외의 우승을 차지한다는 내용. 우승자 페페가 먹은 것은 그리운 고향 안달루시아의 가지절임. 마지막 장면을 보는 순간 저절로 침이 고였다. 땀 흘리고 난 다음에 먹는 가지 식초 절임이 얼마나 시원하고 쌈박하고 찡한지 알 것 같기에. 역시 가지절임은 뜨거운 태양과 가장 잘 어울리는 음식이다.

이 만화는 지브리 스튜디오의 애니메이터인 고사카 기타로 감독에 의해 동명의 애니메이션으로 제작되기도 했다. 가지는 싫지만 자전거는 좋아하는 사람들이 본다면, 자전거를 타고 나서 가지를 먹어야지, 하게 될지도 모른다.

　참, 이 만화 주인공의 이름은 페페 베넹헬리. 『돈키호테』의 작가 아메테 베넹헬리와 같은 성을 쓴다. 가지 집안의 자전거 레이서 페페와 가지 집안의 작가 아메테. 그래서 잠깐 생각해 봤다. 나도 이참에 필명을 가지로 바꿔 보면 어떨까 하고. 성을 바꿔 '가지영', 이름을 바꿔 '천가지'로. 아! 천가지라니! 오! 가지가지도 참 가지가지 할 이름이여! 다시 해 봤다. 가지 선생 식으로.

오 행운아 돈키호테여!
오 유명한 둘시네아여!
오 익살꾼 산초 판사여!
다 함께 저마다 즐거움과
다른 모두의 즐거움을 위해
오래오래 살아가시길!
여기까지는 작가 세르반테스의 문장.
그래서 나도 덩달아 외쳐 본다.
오 세르반테스여!
어쩜 이리 복잡한
서술 구조를 가진 소설을
400년 전에 쓰셨단 말입니까!
오래도록 칭송받으시기를!
오 세르반테스여!

–Hermano, si sois juglar, guardad vuestras gracias para donde lo parezcan y seos paguen, que de mi no podréis llevar sino una **higa**.

–¡Aun bien que será bien **madura**, pues no perderá vuesa merced la quínola desus años por punto menos!

–Hijo de puta, toda ya encendida en cólera, si soy **vieja** o no, a Dios daré la cuenta, que no a vos, bellaco, **harto de ajos**.

"이봐요, 댁이 신소리나 하는 사람이라면,
그런 말은 잘 간직해 두었다가,
그것이 먹혀들어 돈을 치를 사람이 있는 곳에서나
써먹으시오. 나한테서는 **무화과** 열매나
가져가라는 소리나 들을 테니까 말이에요."
"아이쿠 좋지요, 이왕이면 **아주 농익은** 것으로 주시오.
키놀라 게임에서 한 점도 잃지 않겠습니다."
"이런 망할 놈이 있나. 내가 늙었건 말건 그건 하느님이나
상관하실 일이야. 네까짓 게 뭔데 왈가불가냐.
망나니에 **버릇없는 놈** 같으니라고."

섹시하거나 서글프거나 무례하거나
무화과

—— 어른이 되는 과일

나는 무화과가 어른의 과일이라고 생각했다. 어릴 적에는 도무지 그 맛을 알 수 없었으나, 어른이 되고 난 후에야 비로소 맛을 알게 되는 과일. 내 어머니는 무화과를 무척 좋아했다. 그냥 좋아한 것이 아니라 정말 어여뻐했다. 무화과를 먹을 때 엄마의 표정을 보면 알 수 있다. 우선 미술품이라도 바라보듯 한참을 감탄의 눈길로 바라본다. 그리고 조심스럽게 반을 가른 다음 그대로 가져가 입술을 댄다. 이로 베어 먹은 것이 아니라 입술이다. 눈은 반쯤 감겨 있었고 입매가 살며시 올라가고. 호옴. 낮은 탄식 같은 것이 새어 나오고. 어린 나는 알 수 없는 영역의 어느 경지. 나도 그 세계가 궁금했더랬다.

처음 맛본 무화과 맛은 정말 실망이었다. 불쾌하기까지 했다. 과일이라면 새콤달콤하고 아삭한 맛이 있어야지. 밍글거리고 뭉클거리는 이 이상한 질감이라니. 자잘하게 박힌 씨앗들은 또 어떻고. 씨앗이 아니라 꽃의 일부라는 건 나중에 알았지만, 그땐 수천 개의 올챙이 알이라도 씹은 것처럼 기분이 나빠졌다. 이렇게까지 기분을 상하게 하는 과일이 있다니. 못 먹을 음식 목록에 첫 번째로 기재되었다.

그런데 두 번째로 무화과를 먹게 된 날, 나는 무화과를 사랑하게 되고야 말았다. 그때도 엄마와 함께였다. 시골길을 걷고 있었다. 갑자기 어느 집 대문을 밀고 들어갔다. 무슨 일이 벌어지는지 내가 미처 알아채기도 전에, 엄마는 그 집 어딘가에서 무언가를 가지고 나왔다. 잘 익은 무화과 두 개. 엄마는 그 집에서 멀리 떨어지지도 않은 담벼락에 붙어 서서, 무화과 한 개를 반으로 갈라 입으로 가져갔다. 여기 무화과가 있다라거나, 너도 먹어 보겠느냐는 말 따위는 하지 않았다. 그냥 반을 입에 넣고 나머지 반도 후루룩 입으로 집어넣었을 뿐이다.

무화과를 보고도 그냥 지나치면 10년을 늙는다더라. 엄마가 말했다. 그건 복숭아 아냐? 대춘가? 복숭아는 1년 늙는 거고. 대추는 1년 젊어지는 거고. 그게 뭐야. 그럼 무화과는 10년 젊어져? 젊어지는 과일이 복숭아인지 무화과인지를 따지던 중에 엄마는 나머지 무화과를 반으로 갈라 내게 건네주었다. 일단 한번 먹어 보고나 말하라는 듯, 큰 인심 쓰는 사람처럼 의기양양했다. 내키지는 않았지만 궁금하기도 했다. 10년을 놓치고 싶지 않아서였는지도 몰랐다.

무화과를 살짝 베어 물었다. 눈 딱 감고 씹었다. 그런데 무화과 맛이 정말 이랬단 말이야? 이토록 달고 향기로운 과일이 있었다니. 부드러움과 오독오독 씹히는 꽃 수술의 조화라니. 내가 알고 있던 그 무화과가 아니었다. 신세계였다. 엄마가 그러했듯, 내 입에서도 낮은 탄식 같은 게 새어 나왔다.

세상에서 가장 맛있는 과일은 훔쳐 먹는 과일이다. 그보다 더 맛있는 과일은 몰래 훔쳐 먹는 금기의 과일이다. 하느님이 먹지 못하게 하고 이브가 훔쳐서 아담과 함께 몰래 먹은 과일처럼. 어쩌면 그 과일은 사과가 아니라 무화과였을 것이다. 괜한 주장이 아니다. 낙원에서 쫓겨날 때 아담이 부끄러운 곳을 가린 잎이 바로 무화과 잎이었으니까. 아담의 손에서 무화과 잎을 치워 버린다면 그곳에 잘 익은 무화과 두 개가 있을 테니까. 아담이 낙원에서 쫓겨날 때 다름 아닌 무화과 잎을 뜯어서 그곳을 가린 것도 무의식의 발현이었을 것이다. 무화과는 무화과 잎으로 싸야지, 하는 생각으로 말이다.

아담과 이브가 훔쳐 먹은 과일이라고 생각하니, 무화과가 더없이 섹시하게 느껴진다. 그게 아니더라도 사실 무화과 속살은 어쩐지 좀 섹시하다. 색깔이며 모양이며 향기며. 무화과는 어른이 되게 만드는 과일인지도. 이브가 한 입 먹고 아담도 한 입 먹고 부끄러움을 느끼자 무화과 잎으로 가리고. 어쨌거나 무화과는 섹시하다. 요상하게 섹시하다. 내가 그 섹시한 무화과의 맛을 알게 된 날, 비로소 나는 어른의 영역에 들어가게 되었다고 생각했다. 어느 날 문득 거울을 보았더니, 아버지나 어머니의 얼굴이 있더라는 수많은 자식들처럼. 그때 내가 거울을 들여다보았다면 오래전 내 어머니의 얼굴이 있었을 것이다. 황홀경에 다다른 어떤 발그레한 여자의 얼굴. 섹시한 무화과의 맛.

—— 옛다 무화과나 먹어라

무화과가 내게는 섹시하고 황홀한 과일이지만 누군가에게는 모욕의 과일로 느껴질 수도 있는 모양이다. 공작 부인의 노시녀와 산초가 벌인 말다툼을 보자면 그렇다.

매사냥에 나선 공작 부인 일행을 만난 건 산초에겐 크나큰 행운이었다. 공작 부인은 돈키호테와 산초의 이야기를 책으로 읽어 다 알고 있는 데다 열렬한 팬이기까지 했으니. 말하자면 팬심 깊은 부잣집 마나님을 만난 셈이다. 공작 부인은 특히 산초의 익살스러움을 좋아라 하며 무한 신뢰와 총애를 보여 준다. 으쓱해진 산초, 공작 부인을 따라 성으로 들어갈 때 문득 제 당나귀 생각이 난다. 산초의 당나귀 잿빛이에게도 그런 환대를 맛보게 해 주면 얼마나 좋을까. 그래서 시녀들 중에 가장 연륜이 있어 보이는 시녀에게 당나귀를 부탁한다. 잘 알지도 못하는 시구를 들먹이면서. 그가 브레타냐에서 왔을 때 귀부인들이 그를 돌보았고, 노시녀들은 그의 여윈 말을 돌보았다네, 어쩌구저쩌구.

그런데 어쩐 일인지 이 시녀, 산초에게 울그락불그락 노발대발 삿대질을 한다. 산초가 뭘 잘못했다고? 그 시녀로 말할 것 같으면, 하필이면 노처녀로 늙어 버린 시녀. 나이는 그리 많지 않지만, '노' 자만 들어도 노기가 끓어오르는 여자. 그런데 산초가 그것도 모르고 거들먹거리며 노시녀님 내 당나귀 좀 돌봐 주시라 했던 것이다. 노기가 끓어오른 노시녀에게서 돌아온 말은 이것이다.

"옜다 무화과나 먹어라."

산초도 질세라 어이쿠 좋아라, 이왕이면 아주 잘 익은 것으로 달라고 한다. "그 정도 나이로 카드놀이를 한다면 최고점으로 한 점도 잃지 않고 이길 수 있을 테니, 아무리 잘 익어도 당신 나이보다는 적을 테니" 하고 맞받아친다. 가만뒀다가는 큰 싸움이 날 판이다. 공작 부인의 만류로 싸움이 일단락되기는 하지만, 아무래도 산초가 잘못한 듯하다. 나름 젊은 사람 도냐 로드리게스를 노시녀라 부르면서 당나귀 좀 챙겨 달라니. 아무래도 우쭐이 지나쳤던 듯.

　스페인에서 '무화과나 먹어라'라고 말하는 것은 '엿이나 먹어라', '감자나 먹어라'라고 말하는 것과 같다. 그야말로 종주먹을 날리는 것, 가운뎃손가락을 내미는 것과 같다. 아직 감자가 스페인 땅에 정착하지 않았을 때라서 그랬을까? 감자보다 더 오래되고 더 익숙한 열매. 하긴 엿 먹으라고 종주먹을 날리기에는 감자보다 무화과가 더 사실적이다. 나라면 이 섹시한 무화과를 그 천박한 비유에 갖다 붙이지 않았겠지만. 섹시함과 천박함은 한 끗 차이니까. 무화과는 말리면 쭈글쭈글해지는데, 그 모양 때문에 늙은이에 비유되기도 한다. 누군가 내게 무화과나 먹으라고 한다면, 나 또한 산초처럼 말했을 것이다. 이왕이면 잘 익은 것으로 달라고. 바짝 말린 무화과라면 더욱 좋고. 더 달고 맛있을 테니.

무화과는 생으로 먹어도 맛있지만, 말려서 먹으면 당도가 높아져 훨씬 더 맛있어진다. 반건시처럼 몰랑몰랑하게 말려서 먹기도 하고, 곶감처럼 완전히 말려서 먹기도 한다. 말린 무화과를 압착해 케이크 모양으로 만든 것도 있다. 조금씩 잘라 치즈와 곁들여 먹는다. 치즈 플레이트에 생무화과나 말린 무화과가 함께 올려지는 것을 심심찮게 본다. 크리스마스 때 스페인에서는 말린 무화과, 건포도, 호두, 아몬드, 대추야자를 한 접시에 담아 디저트로 낸다.

여름이면 야생 무화과 파는 아주머니들을 자주 만난다. 보통의 과일 가게에서 파는 것보다는 크기가 조금 작은데, 아주 농익은 것을 따 와서 그런지 툭 벌어진 상태로, 거기서 흘러나온 과즙인지 꿀물인지로 범벅이 되어 있다. 얼마나 달콤하게 잘 익었는지를 여실하게 드러내 주는 야생 무화과들. 도저히 입에 넣지 않고는 못 배기게 생긴 자태다. 이걸 고깔 모양으로 만 종이봉투에 넣어 주는데, 그걸 들고 집에 돌아가 보면 종이에 보랏빛 껍질과 누르스름한 진액이 묻어 있곤 했다.

스페인 중부 내륙의 야산을 다니다 보면 야생 무화과 나무를 발견할 수도 있다. 그때가 여름이라면 보르스름하게 잘 익은 무화과를 맛보게 될지도. 아담과 이브의 심정을 이해하게 도 될지도. 내게도 그런 행운이 한 번 있었다.

한여름 오후에 차를 타고 고원의 지방도를 달리던 중이었 다. 오줌이 마려웠다. 두어 시간을 휴게소가 나오기만 기다리 다가 결국 갓길에 차를 세웠다. 오가는 차도 보이지 않고 눈 앞에 보이는 것은 마른 풀과 돌멩이들뿐. 가혹함의 기묘한 매 력. 그 매력을 진짜 제대로 느끼려면 그 한가운데에서 엉덩 이를 까고 오줌을 눠 볼 일. 한 영역을 접수한 야생동물처럼 당당해지면서 어떤 체증 같은 게 쑥 빠져나가는 듯 개운해질 터. 마른 땅을 파헤치는 내 오줌발 소리만 졸졸 들렸다. 급한 일이 해결되고 난 다음, 내 눈에 새로운 것이 보였다. 나무 한 그루. 가지마다 매달린 동그랗고 붉은 열매.

저것은, 저것은 무화과. 무화과라는 것을 아는 순간, 첫사 랑이라도 만난 듯 가슴이 뛰었다. 바지춤을 채 여미지도 않고 무화과 나무를 향해 저벅저벅. 아, 한여름의 야생 무화과라 니. 노시녀처럼 무르익은 무화과가 주렁주렁. 누구의 제재도 받지 않고 무방비 상태로. 날 기다리고 있었느냐, 슬며시 손 을 대니 툭툭 떨어진다. 한 손으로 무화과를 따고 또 한 손으 로는 입으로 집어넣고. 옜다 무화과나 먹어라, 하면서 무화과 한 개 따 먹고. 이왕이면 잘 익은 걸로 주쇼, 하면서 하나 더 따

먹고. 이 손 저 손 번갈아 가며 무화과를 탐했다. 그날 나는 노시녀가 되었다가 산초가 되었다가 했다. 무엇이 되든 어떠하랴. 잘 익은 무화과가 요렇게나 맛있는데.

손이 끈적끈적했다. 무언가 나쁜 짓을 저지른 듯도 했지만 기분은 상쾌했다. 햇살이 따가웠다. 무화과 이파리 두 장을 따서 눈을 가려 보았다. 먼 곳에서 매미 소리 같은 것이 들리는 것 같았다. 슬며시 잠이 오는 것이 낙원에라도 와 있는 기분이 들었다. 그리고 내가 정말 어른이 되었구나 생각했다. 그런데 어른이 되었다는 건 좋은 일일까? 이전에 몰랐던 맛을 알게 되었다는 점에서는 무척 좋은 일이다. 하지만 어쩐지 늙어 가고 있다는 생각에 미치자 조금 슬퍼지기도 했다. 발끈해서 종주먹을 날렸던 노시녀 도냐 로드리게스의 울컥한 마음이 이해가 되기도 했다. 그놈의 무화과. 산초에게 날릴 것이 아니라 본인이 먹지. 안 먹고 지나치면 10년을 늙는다는데. 그날 나는 얼마나 젊어진 것일까? 10년씩 10년씩. 아무래도 영생하시겠다.

여름이 지나고 난 후, 말린 무화과를 먹으며 생각해 보았다. 나이를 먹는다는 것과, 욕을 먹는다는 것과, 섹시함을 유지한다는 것과, 금기를 넘어선다는 것과, 어른이 된다는 것에 대해서.

여름이 지나고 난 후,
말린 무화과를 먹으며 생각해 보았다.
나이를 먹는다는 것과,
욕을 먹는다는 것과,
섹시함을 유지한다는 것과,
금기를 넘어선다는 것과,
어른이 된다는 것에 대해서.

–Aquel platonazo que está más adelante vahando me parece que es **olla podrida**, que por la diversidad de cosas que en las tales **ollas podridas** hay, no podré dejar de topar con alguna que me sea de gusto y de provecho.

–Absit! Vaya lejos de nosotros tan mal pensamiento: no hay cosa en el mundo de peor mantenimiento que una **olla podrida**. Allá las ollas podridas para los canónigos, o para los rectores de colegios, o para las bodas labradorescas, y déjennos libres las mesas de los gobernadores, donde ha de asistir todo primor y toda atildadura. Mas lo que yo sé que ha de comer el señor gobernador ahora, para conservar su salud y corroborarla, es un ciento de **cañutillos de suplicaciones** y unas tajadicas subtiles de **carne de membrillo**, que le asienten el estómago y le ayuden a la digestión.

"내가 보기에 저 앞에 김이 나고 있는 큰 접시는 여러 고기들을 넣고 끓인 **오야 포드리다** 같군. **오야 포드리다**에는 다양한 재료들이 들어가 있으니 내가 좋아하기도 하고 내 몸에도 좋은 게 있을 듯하오."

"그런 생각은 하지도 마십시오! **오야 포드리다**가 좋다는 생각은 우리한테서 멀리 사라져 버리라고 하고 싶군요. 세상에 여러 가지 고기가 들어간 요리만큼 건강에 나쁜 음식은 없답니다. 그런 요리는 수도승이라든가 학교장이라든가 농부들의 결혼식을 위해 있는 것일 뿐, 통치자 나리들의 식탁에는 절대로 있어서는 안 되는 것입니다. 제가 알고 있기로 통치자 나리께서 건강을 유지하시고 더 건강해지시기 위해서 지금 드셔야 할 것은, **구운 막대 과자 백 개와 얇게 저민 모과 잼 몇 조각입니다요.** 이것을 드시면 위도 편하고 소화도 잘될 겁니다."

산초 총독을 위한 건강식
막대 과자와 모과 잼

—— 통치자가 되거든 마늘과 양파를 먹지 마라

산초는 모험을 하려고 떠난 것이 아니었다. 자신과 함께 모험을 하다 보면 언젠가는 섬 하나를 통째로 얻을 수도 있고, 섬의 지배자가 될 수도 있을 거라는 돈키호테의 감언이설에 따라나선 것이다. 돈키호테는 '모험'에다 방점을 찍어 말하고, 산초는 '지배자'에 방점을 찍어 들었다. 일자무식 산초가 섬의 통치자가 될 수도 있다니. 허무맹랑한 꿈이라며 모두들 비웃었지만, 드디어 기어이 기필코 그 꿈이 눈앞에 펼쳐지게 되었으니. 산초를 총독으로 모시겠다는 곳이 생겼다.

바라타리아baratoría섬. 하필이면 저렴하다는 뜻의 이름을 가지고 있지만, 말만 섬이지 다리도 건널 필요가 없는 육지의 어느 작은 마을이지만, 사실은 기사 놀이에 흠뻑 빠진 공작 부부가 꾸민 놀이터에 불과했지만, 어쨌거나 그곳에서 산초를 부르고 있었다. 총독이 되어 주십사 하고. 과연 산초가 섬을 잘 다스릴 수 있을까? 판을 깐 공작 부인이나 약속을 한 돈키호테나 미심쩍기는 매한가지다. 자신을 잘 다스릴 줄 알아야 통치자가 될 수 있는데, 잘할 수 있겠냐 떠보는 공작 부인에게 산초가 자신만만하게 하는 말.

사람들 밥통이야 거기서 거기. 한 뼘이나 더 큰 밥통 가진 사람이 있답디까? 배는 짚이나 건초로도 채울 수 있고, 죽을 때는 왕이든 거지든 들어가는 구덩이는 거기서 거기 아닙니까. 제가 원래 가난한 자들을 동정하고 인정 많은 사람이니까, 착한 사람들은 제 보호를 받을 겁니다요. 저는 또 늙은 개라서 머리를 잽싸게 굴릴 줄 아니, 나쁜 놈들이 제 앞에서 절대로 딴짓을 못 하게 할 겁니다. 전 생전 나쁜 마음으로 술을 마신 적이 없습죠. 목이 탈 땐 충분히 마시지만. 친구가 건배를 들자면 기꺼이 응하지만 더럽게 군 적은 한 번도 없어요. 걱정은 붙들어 매시고 시켜만 주십쇼.

돈키호테 역시 밤새도록 산초를 붙들고 총독으로서 갖춰

야 할 자세에 대해 충고와 당부를 이어 나간다. 우선 영혼을 위한 가르침. 자기 자신에게 눈길을 보내 자신이 어떤 인간인지를 알도록 노력할 것. 자신을 알게 되면 황소와 같아지고 싶었던 개구리처럼 몸을 부풀리는 일은 없을 터. 신분이 낮은 것을 부끄러워하지 말 것. 자기 자신이 부끄러워하지 않으면 어느 누구도 부끄럽게 만들지 않을 것이므로. 업무에 엄격하되 온화함과 부드러움을 잊지 말 것. 부자가 하는 말보다 가난한 자의 눈물에 더 많은 연민을 가지도록 할 것. 상대를 모욕하지 말고 자비를 베풀 것. 하는 족족 옳은 말씀.

이번엔 몸을 가꾸는 데 필요한 가르침. 몸을 깨끗이 하고 손톱을 잘 깎을 것. 옷의 띠를 풀어 헤치고 헐렁하게 입고 다니지 말 것. 천천히 걷고 차분히 말할 것. 그리고 무엇보다 중요한 것은 마늘과 양파를 먹지 말 것. 입에서 마늘 냄새를 풍겨서 비천한 신분을 드러낼 필요는 없으니까. 식사는 조금씩 특히 저녁은 적게 먹을 것. 음주도 절도 있게 할 것. 게걸스럽게 먹지 말고 사람들 앞에서 트림을 하지 말 것.

산초가 자신 있게 대답한다. 그렇게 미심쩍으시면 손 떼겠다고. 통치자들이 메추리와 닭고기perdices y capones를 먹고 산다고 하지만, 자신은 늘 그래 왔듯이 빵과 양파pan y cebolla만을 먹고 살겠다고. 어차피 높은 사람이나 낮은 사람이나 잠자는 동안에는 다 똑같지 않냐고. 나쁜 통치자가 되어 악마에게 끌려가느니 차라리 산초로 하늘나라에 가는 게 더 좋다고.

산초는 그 다짐을 지킬 수 있을까? 트림쟁이 산초가 트림도 안 하고? 메추리 요리가 눈앞에 있어도 빵에 생양파만 씹으면서? 어디 시험 한번 해보자 산초.

──── 산초의 시련

산초가 도착한 곳은 호화로운 궁전의 커다란 홀. 깨끗하고 훌륭한 식탁. 시동이 손 씻을 물을 가져오고 레이스 장식을 한 턱받이를 해 주고. 흰 천을 벗기면 온갖 과일과 음식이 드러나고. 아 이토록 융숭한 접대 의식이라니. 산초 옆에 선 의문의 한 남자가 신경 쓰이기는 하지만. 그가 들고 있는 고래 수염 막대가 수상쩍기는 하지만. 어쨌거나 잔뜩 기대가 되는 훌륭한 식탁.

제일 먼저 과일 접시가 나왔다. 산초가 손을 뻗는 순간 의문의 남자가 기다란 막대로 과일 접시를 두들긴다. 그러자 하인이 접시를 휙 치워 가 버린다. 그다음 접시, 그다음 접시. 어김없이 막대가 닿고 눈앞에서 사라지고. 도대체 이게 무슨 일이냐. 총독이란 음식을 번개같이 먹는 사람을 말하는 것이냐. 애가 타서 묻는다. 당신 대체 누구냐? 누군데 나를 이렇게 괴롭히느냐?

의문의 남자가 대답한다. 자신은 총독의 건강을 보살피는 주치의로서, 총독의 식사에 입회해서 괜찮다고 생각되는 음식만 먹게 하는 것이 주요 임무다. 위에 해가 되거나 독이 있다고 생각되는 음식을 골라내고 있다. 과일은 지나치게 수분이 많아서 치워 버리라고 했고, 또 다른 음식은 너무 뜨거운 데다 향신료가 너무 많아 치워 버리라고 했다.

그렇다면 구운 메추리고기perdices asadas는? 메추리는 세상에서 제일 안 좋은 음식이라 불가. 삶은 토끼고기conejos guisados는? 털이 짧은 짐승이어서 불가. 구운 송아지ternera 요리는? 구운 데다 양념이 많아서 불가. 산초가 제일 좋아하기도 하고 몸에도 좋을 것 같은 고기 잡탕 오야 포드리다는? 여러 고기가 들어가서 불가. 시골 농부들 결혼식에서나 먹는 것이지 통치자가 먹을 만한 음식이 아니다. 그래서 산초가 먹을 수 있는 음식은 뭐란 말인가? 그 빌어먹을 의사가 대답한다.

막대 과자 백 개와 모과 젤리를 드십시오. 소화도 잘되고 위도 편안할 테니.

막대 과자cañutillos de suplicaciones. 밀반죽을 얇게 밀어 구운

다음 돌돌 만 과자. 아이스크림에 장식용으로 꽂아 나오는, 길고 동그란 과자를 생각하면 된다. 의사 말대로 백 개를 먹는다 해도 위에 기별도 안 갈 과자. 그리고 모과 젤리carne de membrillo. 모과로 만든 일종의 마멀레이드 혹은 잼.

모과를 꿀에 절여 보관하는 방법은 로마의 요리책에 나올 정도로 오래된 요리법이다. 꿀에 졸여 고기처럼 단단하게 굳힌 모과 젤리는 하몽이나 치즈 가게에서 판다. 주로 치즈나 하몽과 함께 먹는다. 달콤함이 염장 고기의 고기 냄새를 잘 잡아 준다. 모과 육질은 껄끄럽다기보다 오돌거리는 재미가 있다. 모과 잼과 함께 먹는 하몽은, 달콤하게 감싸 안는 여인 앞에서 한없이 순종적으로 변하는 거친 사내의 느낌. 모과의 의미 있는 변신이긴 하지만, 배고픈 산초에게 모과 잼이나 먹으라니. 해도 해도 너무한다. 정녕 총독들은 그걸 먹고 사는 사람이란 말인가. 그럴 줄 알았다면 총독 같은 건 되지 않았을 텐데. 보여 주지나 말 것이지. 위장을 분노케 하는 그림의 떡.

나를 굶겨 죽일 작정이냐, 뭐라도 좋으니 좀 주시라. 빵 한 쪽 양파 한 톨이라도 제발. 산초는 거의 애걸복걸하다시피 한다. 의사를 내쫓고 난 다음 시종에게 빵 한 조각과 포도 조금만 달라고 빌어도 보고, 포도가 안 된다면 양파 하나라도 상

관없으니 뭔가 좀 먹을 걸 달라고 구걸도 해 보고. 시종은 한술 더 뜬다. 점심에 못 먹은 건 저녁때 드시면 되지 않겠느냐고. 이 사람들 정말 산초를 굶겨 죽일 작정인가 보다.

────── 고깃국을 사이좋게 나눠 먹는 세상

산초는 밥을 먹을 수 있을까? 맹세한 대로 빵과 양파라도 얻어먹을 수는 있는 걸까? 그럴 리가. 공작 부인이 완벽하게 각본을 짜 놨는데. 바라토리아섬의 모든 사람들은 공작 부인의 재미난 각본에 충실한 배우들인데.

때마침 총독을 만나길 원하는 사람들이 줄을 잇는다. 온갖 소송들, 분쟁들. 산초는 배가 고파 어질어질하면서도 슬기롭게 해결한다. 배고픈 와중에도 총독의 사무를 그리 잘 본 걸 보면, 산초에게는 총독이 가져야 할 기질 같은 게 있는지도 모르겠다.

결국 저녁때가 지나 겨우 첫 끼를 먹게 되는데, 양파를 곁들인 쇠고기 살피콩salpicón de vaca con cebolla과 삶은 송아지 다리manos cocidas de ternera, 그것도 오래 묵어 약간 신맛이 나는 형편없는 음식이 나왔다. 그리 굶었으니 무엇인들 맛이 없었겠냐마는, 산초는 그 시원찮은 음식을 맛있게도 먹는다. 밀라노의 자고새francolines나 로마의 꿩faisanes, 소렌토의 송아지고기ternera, 모론의 메추리고기perdices, 라바호스의 거위 요리gansos가 나온 것보다도 더 맛있게. 산초는 송아지 다리를 먹으며 의사에게 부탁한다.

지금부터는 자신에게 즐거운 음식이나 진귀한 요리를 주려고 신경 쓰지 말라고. 그럼 위가 깜짝 놀랄 거라고. 자기 위는 염소고기, 암소고기, 염장 돼지기름, 육포, 무, 양파에 길들여져 있어서, 행여라도 대저택의 호사스러운 요리가 들어가면 아첨으로 받아들여 메스꺼워진다고. 그러니까 앞으로는 자기가 말한 것들을 넣고 끓인, 오야 포드리다라고 부르는 바로 그 요리를 해서 갖다 달라고. 건더기는 많으면 많을수록 좋고.

'포드리다podrida'는 '부패한, 곰팡 난, 썩어 빠진'이라는 의미를 가진 단어. 좀 오래되어서 약간 상할 듯 말 듯한 고기나 염장 건조된 고기나 내장 뼈다귀 같은 남은 고기들과 채소를 듬뿍 넣어 끓인 데서 비롯된 이름이다. 그래서 오야 포드리다는 부자의 음식이기도 하고 빈자의 음식이기도 하다. 카마초의 결혼식에서처럼 닭이며 양이며 염소며 정육점 고기를 통째로 털어 넣어 끓여 나눠 먹을 수도 있고, 약간 맛이 가기 시작한 음식을 재활용해 먹을 수도 있다.

산초가 가장 좋아하는 오야의 일종인 푸체로라 하지 않고, 굳이 오야 포드리다라고 한 이유. 그가 결국 먹게 된 요리가 쇠고기 재활용 요리 살피콩과 약간 쉰내가 나는 우족 요리 unas manos de ternera algo rancias였기 때문은 아닐까? 그렇게 음식 가지고 장난치더니 결국 쉰내 나는 우족이나 줄 거라면, 냄새 팍팍 나는 염장 고기 말린 것을 듬뿍 넣은 오야 포드리다를 달라고. 포드리다가 많을수록 냄새도 좋다고 덧붙이면서. 그리고 마지막 산초의 말은 깊이 새겨들을 필요가 있다.

"인생 별거 있소? 살거나 죽거나지. 그러니 있는 그대로, 우리 모두 함께 살아가면서 평화롭게 함께 먹도록 합시다. 하느님이 아침을 여실 때 모두를 위해 여시는 것 아니겠소?"

산초가 그토록 좋아하는 오야 포드리다처럼. 온갖 고기와 채소를 넣고 한데 끓인 바로 그 음식처럼. 모두 다 같이 모여 한 솥 가득 끓인 고깃국을 사이좋게 나눠 먹는 세상. 그렇게 매일 아침을 함께 열 수 있다면 그보다 좋은 세상이 어디 있겠는가. 산초는 갈수록 옳은 말만 하고, 갈수록 현명해진다.

산초는 총독으로서의 포부를 밝힌다. 정의를 포기하지 않고 뇌물도 받지 않으며 섬을 다스릴 것이다. 모든 종류의 부정한 요소들을, 부랑자들, 게으른 자들, 그리고 나쁜 윤락녀들을 이 섬에서 정화하겠다. 농부들을 도와주고, 귀족들의 특권을 지켜 줄 것이며, 덕망 있는 사람들에게는 상을 내리겠다.

그리고 훌륭한 통치를 위해 몇 가지 법령을 만든다. 공화국에서 생필품에 투기하는 자들을 모두 없애라. 섬에서 원하는 곳 어디에서든지 포도주를 들여올 수 있게 하되, 포도주의 품질과 명성에 따라서 가격을 정할 수 있도록 하라. 포도주에 물을 타거나 이름표를 바꾸는 자는 목숨을 잃게 될 것이다. 역시나 사회가 안정되기 위해서는 먹는 일이 안정되어야 하는 법. 그 밖에도 그는 턱없이 치솟아 오른 신발 가격을 조정하고, 하인들의 봉급 기준을 만들고, 가난한 사람들을 위한 집행관을 만들어 돌보게 했다.

포도주 원산지 표시제의 선구자. 모두가 잘 먹고 잘 사는 나라를 꿈꾼 바라토리아의 총독 산초 판사!

그의 통치는 한낱 공작의 시나리오에 놀아난 한판 폭소극이었을까? 그의 꿈은 그저 일장춘몽에 불과했을까? 아닌 것 같다. 산초가 만든 훌륭한 법령들은 '위대한 총독 산초 판사의 법령'이라 불리며 오랫동안 그 마을에서 지켜졌다고 하니, 그는 짧지만 의미 있는 통치자였음에 분명하다.

그토록 훌륭한 통치자였음에도 불구하고, 못돼 먹은 섬사람들은 끝내 산초에게 적당한 음식을 제공하지 않는다. 야경까지 돌고 밤새 잠을 이루지 못한 산초에게 다음 날 아침으로 제공된 것이라고는 보존 식품conserva 약간과 찬물 네 모금. 이역시 그놈의 의사 양반의 지시다. 통치자는 육체적인 힘보다 머리의 힘을 사용해야 하는데, 그러려면 가벼운 음식으로 적게 먹어야 한다는 것. 주린 배를 움켜쥐어 봐야 머리에 생기가 돌기는커녕 영혼에 엄청난 고통을 느낄 뿐. 해도 해도 너무한다. 아무리 공작 부인의 지시로 산초를 놀려먹기로 작정했다지만, 먹는 음식 가지고 장난치면 안 되는 법이지. 곯아터진 음식에 찬물이라니. 돈키호테와 다니면서도 결코 겪어 보지 못한 굶주림이다.

산초는 총독이 된 지 여드레 만에 총독직을 반납하고 자유로웠던 시절로 돌아가길 원한다. 무엇보다, 무분별한 의사의 인색함에 시달리느니 가스파초를 실컷 먹는 것이 더 좋았으므로. 먹는 것보다 중요한 깨달음이 있었으니, 그는 총독이 되기 위해 태어난 사람이 아니라는 것을 알았으므로. 법령을 만들거나 마을을 방어하는 일보다 밭을 갈고 땅을 파고 포도나무 가지를 쳐 내는 일을 더 잘 알고 있었으므로. 손에 통치자의 지팡이보다 낫을 드는 것이 더 좋다는 걸 깨달았으므로. 그는 빈 몸으로 떠나기를 바란다. 빈 몸으로 그 섬에 왔듯.

그가 떠나는 날 수많은 사람들이 수행자로 나서고, 여행에 필요한 물품과 선물을 주고 싶어 하는 사람들이 줄을 선다. 하지만 산초는 그 모든 것을 단호히 물리치고 당나귀를 위한 보리 조금과 자신을 위한 치즈 반쪽과 빵 반쪽만을 원한다. 짧은 여행에 필요한, 딱 그만큼의 음식. 모든 것을 두고 떠나는 벌거벗은 통치자, 그는 진정한 통치자였다.

-Porque te hago saber, Sancho, que cuando llegué a
subir a Dulcinea sobre su hacanea (según tú dices,
que a mí me pareció borrica), me dio un **olor de
ajos crudos**, queme encalabrinó y atosigó el alma.
-Bastaros debiera, bellacos, haber mudado
las perlas de los ojos de mi señora en agallas
alcornoqueñas, y sus cabellos de oro purísimo
en cerdas de cola de buey bermejo, y, finalmente,
todas sus facciones de buenas en malas, sin que le
tocárades en el olor; que por él siquiera sacáramos
lo que estaba encubierto debajo de aquella fea
corteza.

"내가 이것을 어떻게 아느냐 하면 말일세 산초,
자네 말대로라면 조랑말, 그러니까 내 눈에는
암나귀로 보였던 그 녀석 위에 그녀를 태우려고 다가갔을 때,
생마늘 냄새가 어찌나 고약하게 나던지, 머리가 증기로 가득
차오르고 영혼이 잠식되는 것 같았단 말일세."
"오 몹쓸 놈들! 우리 공주님의 진주 같은 눈을
코르크나무의 흑으로 바꾸어 놓고 순금으로 된
그분의 머리카락을 소의 뻣뻣하고 붉은 꼬리털로 바꾸어 놓고,
훌륭한 얼굴 면면을 온통 추하게 만들어 놓은 것으로
만족할 일이지, 끝내 냄새까지 손을 대다니.
향기라도 남아 있었다면 그 추한 껍데기 안에
숨겨져 있는 것을 알아볼 수 있었을 텐데."

마법의 마늘과 마늘의 저주
마늘

—— 마늘 없는 수프는 울림 없는 종

알리올리alioli라는 이름의 소스가 있다. 아홀리오ajolio, 아호아세이테ajoaceite라고도 부르는데, 나더러 이름을 지으라 한다면 마늘 기름이 아니라 곰의 기름, 오소아세이테osoaceite라 불렀을 것이다. 그도 그럴 것이 아홀리오를 제대로 만들려면, 매끈한 돌절구에 마늘과 올리브유를 넣고, 짓누르고 돌리는 힘만으로 끈끈한 크림 상태가 될 때까지 쉼 없이 짓찧어야 하는데, 그게 여간한 힘과 인내가 필요한 게 아니기 때문이다. 그래서 알리올리를 곁들인 어쩌고 하는 메뉴를 보면, 맛을 보기도 전에 우선 손목부터 시큰거린다. 나더러 만들어 먹으라는 것도 아닌데 왜 내 손목이 지레 겁을 먹는지 알 수는 없지만, 노동과 수고가 떠오르는 코끝 찡한 소스인 것만은 분명하다. 우직하거나 미련하거나 숭고하거나.

그런데 이 소스, 참으로 진귀한 매력을 지녔다. 마늘 향 제대로 풍기는 존재감 강한 소스임에도 불구하고, 어떤 음식에든 은근하게 스며든다. 기름진 음식에 곁들이면 느끼함을 잡아 주면서 고소함을 증폭시키고, 밍밍한 음식에는 풍미를 더해 주지만 담백함은 건드리지 않는다. 찡하게 단순하고, 감미롭게 알싸하다. 자기 주장을 하되 결코 상대를 짓누르지 않는, 순정하면서도 도발적인 소스라고나 할까. 마늘과 기름만으로 이런 보드라움과 이런 풍미를 만들어 낼 수 있다니. 마늘과 기름이 몸을 섞어 만든 감미로운 변신, 향기로운 마법이다.

오래전 육체노동을 하는 이들에게 마늘은 몸에 열기를 더하고 기운을 북돋우는 역할을 해 왔다. 이집트 상형문자에 피라미드 건설 노동자에게 지급할 마늘의 양이 기록되어 있다는 것을 보면, 마늘은 노동자들을 위한 자양 강장제 혹은 각성제였을 것이다. 마늘의 알리신이라는 성분이 살균 항균 작용을 해 면역력을 높이고, 비타민과 결합하면 알리티아민이라는 것이 되어 피로 회복에 도움을 준다는 것은 널리 알려진 바.

스페인에서 한겨울 으슬으슬 감기 기운이 돈다 싶으면, 뜨거운 마늘 수프sopa de ajo 한 그릇을 먹어 볼 일이다. 만드는 법도 아주 간단하다. 올리브유에 마늘을 껍질째 넣어 튀기듯 구워 마늘 향을 낸 다음, 그 기름에 피미엔톤 둘셋를 듬뿍 넣어 고추기름을 내고, 육수나 물을 넣고 끓여 주면 된다. 고깃국물에 마늘 넣고 고춧가루 풀어 끓인 투박한 수프일 뿐인데 놀라울 정도로 맛있다. 하몽이나 베이컨으로 고기 냄새 좀 피워 주면 좋고 아니어도 상관없고, 먹다 남은 딱딱한 빵을 넣어 먹으면 건더기 역할을 톡톡히 하고, 거기에 수란 하나 정도 띄우면 근사하기까지 하고. 고추 마늘 기름이 뜨거운 막을 형성해, 미적지근한 다른 수프들과는 달리 뜨거운 상태가 오래 유지된다. 뜨겁고 매콤하고 든든한, 겨울의 자양 강장제 보양 식품이다.

겨울에 마늘 수프가 있다면 여름에는 마늘 가스파초가 있다. 아호블랑코ajoblanco. 흰 마늘이라는 의미로 안달루시아 지역에서 먹는 가스파초의 일종인데, 토마토를 주재료로 하는 게 아니라, 마늘과 아몬드를 주재료로 한다. 우리가 여름철에 먹는 콩국의 말간 버전. 그 맛이 참 감미롭고 고급지다. 진주처럼 영롱한, 비단처럼 보드라운, 이런 빤한 비유가 딱 떠오르는 마늘 요리의 백미. 고명으로 청포도를 올리면 상큼하게 아름답다. 기름과 아몬드와 마늘이 만들어 낸 또 하나의 변신, 마법이라 할 만하다.

파에야를 만들 때, 팬을 달군 다음 제일 먼저 넣는 재료도 마늘이다. 일단 마늘 기름을 내 모든 재료에 마늘 향이 스미게 하는 것이다. 고기를 볶을 때도 수프를 끓일 때도 다진 마늘을 기름에 먼저 넣어 향을 충분히 낸다. 갑오징어니 오징어니 꼴뚜기니 문어니, 온갖 해물도 철판에 마늘과 함께 기름 넉넉히 두르고 굽는 것만으로 특별한 요리가 된다. 마늘 기름에 새우를 끓여 파프리카 가루를 뿌려 낸 음식 감바스 알 필필gambas al pilpil은 은근하게 끓인 조리법에 중심을 둔 이름이고, 감바스 알 아히요gambas al ajillo는 마늘 기름에 중심을 둔 이름.

스페인 사람들의 아침 식사인 빵 콘 토마테pan con tomate를 먹을 때도 생마늘 한 톨을 집어 들고 바삭하게 구운 빵을 강판 삼아 슥슥 갈아 묻히는 것으로 시작. 이렇듯 마늘은 스페인 음식에 결코 빠져서는 안 되는 재료이니, '마늘 없는 수프는 추 없는 종'이라는 속담이 달리 나온 게 아니다. 모양만 갖추었을 뿐 울림이 없다는 뜻. 마늘은 그토록 중요하다. 스페인의 마늘 사랑은, 마늘 먹고 인간 된 곰 후손인 우리만큼이나 깊다. 마늘 없는 스페인 음식이란, 울림이 없는 종, 앙꼬 없는 찐빵, 오아시스 없는 사막, 산초 없는 돈키호테란 말씀.

—— 마법에 걸린 둘시네아

　돈키호테는 마늘에 대해 순수하게 음식 재료로 말해 본 적이 없다. 양파와 함께 지독한 냄새를 풍기는 무엇일 뿐이다. 산초가 총독으로 떠나기 전에 신신당부한 것도 마늘과 양파를 먹지 말라는 것. 마늘 냄새는 비천한 신분을 드러내게 되니까. 입에서 풍기는 마늘 냄새가 썩 좋을 리는 없겠지만, 마늘 냄새를 맡고 머릿속이 뿌예지고 영혼이 썩는 것 같았다고 하는 걸 보면, 마늘에 대한 혐오를 넘어 공포를 느끼는 수준이다.

　영 이해가 안 가는 건 아니다. 그 지독한 마늘 냄새가 다른 사람도 아닌 둘시네아에게서 풍겨 왔다면, 온 우주의 여왕이신 둘시네아가 수염이 난 모습으로 나타나 마늘 냄새를 풍기며 사라졌다면, 머릿속이 온통 증기로 가득 차고 영혼이 썩어 문드러지는 느낌이 들 수밖에. 돈키호테에게 그보다 더한 저주가 어디 있겠는가. 돈키호테를 향한 마법사들의 시기가 이토록 크고 집요하다. 둘시네아 너마저!

하지만 이 마법을 건 것은 마법사가 아니라 다름 아닌 산초. 임시방편 궁여지책의 결과다. 돈키호테가 둘시네아를 직접 만나겠다고 나서지만 않았더라면, 애초에 돈키호테의 편지를 둘시네아에게 건네주었다고 산초가 거짓말을 하지 않았더라면, 결코 일어나지 않았을 마법. 돈키호테는 마을 어귀에서 기다리고, 산초는 기별을 넣기 위해 먼저 마을로 내려가는데, 어쩌겠는가 뒤늦게 거짓말했다고 이실직고할 수도 없고, 거짓에 거짓을 더할 수밖에. 산초의 비상한 머리가 굴러간다. 이에는 이, 눈에는 눈. 돈키호테 방식으로 상상력을 발휘하자. 풍차가 거인이라면 농사꾼 아낙도 공주님. 마침 당나귀를 타고 오는 시골 여인들이 있었으니. 저기 보시라, 둘시네아 공주님께서 오고 계시다!

보세요, 저기 잘 차려입으시고 두 하녀와 함께 흰 말을 타고 오시지 않습니까. 마요르카 진주와 다이아몬드와 루비와 금실로 수를 놓아 만든 실크 옷을 입고 계시네요. 머리카락은 바람에 나부끼는 햇살 같아 그 모습에 정신을 잃을 정돕니다요. 저 얼룩무늬가 있는 가나안 말을 보세요. 한낮의 태양처럼 빛을 내며 오시는 둘시네아를 보세요.

둘시네아를 묘사하는 산초의 허풍이 돈키호테를 넘어서도 한참 넘어선다. 그런데 산초의 상상력이 극에 달하자, 돈키호테의 상상력이 사라지고 마는데. 넙데데한 얼굴에는 커다란 사마귀에 털까지 늘어져 있고, 짜리몽땅한 데다 뒤뚱뒤뚱 걷는 아줌마가 둘시네아라니. 돼지 멱따는 소리에 소꼬리 털처럼 푸석푸석한 머리칼에, 몸에서 좋은 향이라도 난다면 알아볼 수 있을 텐데, 당나귀에 태워 주려고 다가갔더니 고약한 생마늘 냄새까지. 아무리 상상력을 발휘해도 둘시네아일 수가 없다.

그렇구나. 마법에 걸린 것이로구나. 사악한 마법사들이 둘시네아에게까지 손을 뻗었구나. 그렇지 않고서야…… 저주가 아니고서야…… 어찌 이런 냄새가 날 수 있단 말인가. 그러니 머리가 증기로 차오르고 영혼이 잠식되는 느낌이 들 수밖에.

둘시네아는 그렇게 마법에 걸린 비운의 여인이 된다. 마법으로 연인을 빼앗긴 돈키호테의 비운은 말할 것도 없다. 둘시네아의 제2막이 시작된 것이다. 마법에 걸린 둘시네아는 과연 어떻게 될 것인가? 마법을 풀고 둘시네아를 되찾을 수 있을 것인가? 마법의 주문을 왼 것이 산초이니 마법을 풀 방도도 산초에게 있지 않을까?

돈키호테의 열렬한 팬이자 산초를 어떻게 놀려 먹을까, 온통 그 재미에 빠져 있던 공작 부인. 둘시네아의 마법을 풀 실

마리를 알려 주기 위해 판을 크게 벌인다. 심혈을 기울여 만든 환상적인 무대 장치에, 분장과 의상이 완벽한 배우들까지. 아서왕 이야기에 나오는 마법사 멀린을 등장시켜 둘시네아가 마법에서 풀려나올 비법을 알려 주는데. 아무래도 산초, 자기 무덤 자기가 판 것 같다.

"둘시네아를 본래의 모습으로 돌아가게 하기 위해서는 그대의 종자 산초가 자신의 큼직한 양쪽 엉덩이를 밖으로 드러내어 삼천삼백 대를 화가 날 정도로 쓰라리고 고통스럽게 스스로 매질해야 하노라."

사필귀정. 자업자득. 자승자박. 결자해지. 산초의 잔머리와 주둥이에서 비롯된 마법을, 산초의 궁둥이로 풀어야 한다. 엉덩이를 까고 맨살에 삼천삼백 대, 설렁설렁도 아니고 화가 날 정도로 세차게 삼천삼백 대. 마법을 푸는 주문이 참으로 구체적이고 명료하고 적절하다. 그렇다고 순순히 궁둥이를 깔 산초겠는가. 산초가 소리친다.

내 엉덩이와 마법이 대체 무슨 상관이랍니까. 내가 둘시네아를 낳기라도 했단 말입니까. 삼천 대는커녕 석 대도 못 맞소. 매질이라는 게 팬케이크 위에 꿀을 바르는 것도 아니고, 꼬집히고 손가락으로 두들겨 맞고 바늘로 찔리기까지 했는데, 그 위에 채찍질이라니요. 차라리 커다란 돌을 목에 매달아 우물에 던지시지. 다른 사람의 병을 고치기 위해서 결혼식 소가 되어 구워지느니 그게 낫겠습니다요. 다른 방법을 찾지 못하겠걸랑 둘시네아는 그냥 마법에 걸린 채로 그냥 그렇게 살다가 죽어 버리라 하세요!

삼천삼백 대의 매질이 산초에게 터무니없는 요구라지만, 둘시네아더러 그냥 그렇게 살다 죽으라는 말은 돈키호테도 함께 죽으라는 얘기. 돈키호테가 기어이 산초를 향해 욕을 내뱉는다.

야 이 평생 마늘만 먹고 살 양반아. 내가 널 붙잡아서, 어머니가 낳아 주신 모습 그대로 홀딱 발가벗겨서, 나무에 꽁꽁 묶어 놓고, 삼천삼백 대가 아니라 육천육백 대를 때려 주고 말 테다. 나한테 말대꾸할 생각일랑 마라. 아주 혼이 쏙 빠지게 제대로 때려 줄 테니까.

돈키호테 이 양반, 점잖은 줄 알았더니 욕 한번 제대로 날리신다.

—— 평생 마늘만 먹고 살 놈아

생마늘은 맵고 아리고 독하다. 굽거나 튀기면 특유의 아린 맛이 사라지고 고소한 맛이 나지만, 몇 날 며칠 생마늘만 먹으라 한다면 그건 섭취가 아니라 고행이다. 석 달 열흘을 참고 먹을 수 있는 존재는 오직 미련곰탱이뿐. 그걸 견디고 굳이 인간이 되어서 무엇 하랴 싶지만, 마늘 먹고 곰이 아니라 호랑이가 되어 산다 해도, 생마늘만 먹고는 결코 그 어떤 짐승도 살아남지 못할 것. 그런데, 죽을 때까지 마늘만 먹고 살라 한다면 그보다 더한 저주가 과연 있을까?

'harto de ajo.' 마늘로 진절머리 나는, 평생 마늘만 먹고 사는, 마늘로 신물이 난, 대략 이런 뜻일 텐데, 우리말로 하자면 '빌어먹을 놈', '인간 같지 않은 말종', '되먹지 못한 놈', '버르장머리 없는 놈'과 같은 저주의 욕이다. 주로 이 문장으로 욕의 포문을 열고 마무리한다.

무화과를 주거니 받거니 하며 노시녀와 산초가 말다툼을 할 때, 화가 머리끝까지 오른 노시녀도 그랬다. 이 버릇없는 망나니 새끼harto de ajos 같으니라고, 무화과 어쩌고저쩌고. 산초의 딸 산치카가 총독이 된 아버지 이야기를 듣고 옷을 사느니 따라나서느니 수선을 피울 때, 산초의 아내 테레사도 마늘을 들먹이며 비아냥거렸다.

'아이고 저년 저 꼴 좀 봐, 마늘만 지겹게 먹고 살던 계집애hija del harto de ajos가 교황이나 된 것처럼 마차에 떡 기대앉아

가는 꼬락서니라니!'

말하자면 '빌어먹을 년, 지랄 옘병 하고 앉았네'라는 말. 이 참에 돈키호테가 산초에게 한 말을 우리의 전통적인 형벌에 기반한 욕으로 바꿔 보자면 이렇다. 이 빌어먹을 양반아, 오라질 놈아, 젠장맞을 놈아, 경을 침 놈아, 오살할 놈아, 뭐 대략 이런 느낌. 전라도 사투리로 해 보자면. '이 느자구 없는 새끼, 뭐라 씨불이기만 해 봐라, 대글빡을 팍 뽀사 불까 부다.' 뭐 이런 느낌.

아무래도 욕은 우리가 한 수 위인 것 같다. 마늘 먹고 인간 된 곰의 후손인 우리로서는 마늘 따위야 귀엽게 봐줄 수 있으니까. 겨우 마늘 가지고 욕이라니. 그 와중에 돈키호테는 '평생 마늘만 먹고 살 놈'에 경칭 돈don까지 붙여 주었으니, 양반 대접을 해 줘서 양반이라 부른 건 아니겠지만, 그래도 욕을 하면서 최소한의 점잖음을 유지하려 애쓴 것도 같다.

돈키호테의 욕을 이어받아 욕의 향연을 제대로 펼쳐 보인 이는 그 옆에 있던 요정. 아름다운 외모와는 어울리지 않는 까랑까랑한 목소리로 산초를 향해 온갖 욕을 퍼붓는데, 그 정도가 전라도 사투리를 능가한다. 머리가 텅 빈 놈아, 돌처럼 단단하고 무정한 내장을 가진 파렴치한 도둑놈아, 인간 말종 웬수야, 이 천하고 냉혹한 짐승아, 앙큼하고 사악한 괴물아,

길들일 수 없는 짐승 놈아, 10대의 꽃 같은 나이에 시골 농사꾼 처자의 껍질을 뒤집어쓴 채 시들어 가는 둘시네아를 생각해 봐라, 그 옆에서 애끓는 네 주인 돈키호테를 생각해 봐라, 개구리를 처먹으라는 것도 아닌데, 그깟 매 좀 못 맞느냐. 이루 다 말할 수가 없다. 산초의 말마따나 악마가 되어야 견딜 만한 욕설들이다.

산초는 오히려 차분하고도 논리적으로, 속담쟁이답게 온갖 속담을 인용해 가며 응대한다. 어디서 그런 식으로 부탁하는 방법을 배워 오셨냐. 살살 달래지는 못할망정 붙잡아 홀딱 벗겨 두 배로 경을 치겠다는 게 무슨 경우냐. '황금을 등에 진 당나귀는 산도 가볍게 오른다'지 않느냐. '선물은 바위를 깬다'는 말도 있고, '줄게'라고 두 번 약속하는 것보다 '가져라' 한 번 하는 게 낫다'는 말도 있지 않냐. 그러니 뭔가 좀 넣어 주면서 부탁을 하시든가. 평생 마늘만 먹고 살라니, 점잖으신 줄 알았더니 실망이다. 뭐 이런 투정.

그 모든 연극의 연출을 맡은 공작 부인이 나서서 산초가 매를 맞겠다 약조하지 않으면 섬의 총독 자리도 없다고 협박 아닌 협박까지 하게 되자, 산초는 어쩔 도리 없이 매질을 맞기는 해 보겠다고 약조한다. 단 보드라운 회초리로, 절대 피는 보지 않을 만큼만, 매질이라도 박수 치는 정도로, 파리 쫓는 정도의 매질이라도 계산에 넣는다는 조건으로, 자신이 원하는 때에 원하는 만큼만. 이건 뭐 맞겠다는 건지 안 맞겠다는 건지 도통 알 수가 없는 조건이다.

　그래서 산초가 스스로 채찍질을 하게 되었느냐고? 결국 마법을 풀었느냐고? 제발 매질 좀 해 주라 애걸복걸하는 돈키호테와, 때가 되면 할 테니 기다리라 거드름을 피우는 산초의 입씨름은, 그 후로 집에 돌아갈 때까지 계속되었다 한다. 결국 한 대에 얼마씩 셈을 치르기로 합의에 이르렀으며, 산초가 입으로만 쉭쉭, 아이쿠 엉덩이야 쉭쉭, 채찍질을 하는 동안, 애꿎은 나무껍질만 쉭쉭 떨어져 나갔다 한다. 그것도 모르고 돈키호테는 그 옆에서 살살 해라 마음 아파하며 돈을 더 얹어 주었다 한다. 그리하여 둘시네아의 마법은 풀렸는지 아니 풀렸는지는, 그 누구도 알지 못한다 한다.

"야 이 평생 마늘만 먹고 살 양반아.
내가 널 붙잡아서,
어머니가 낳아 주신 모습 그대로
홀딱 발가벗겨서,
나무에 꽁꽁 묶어 놓고,
삼천삼백 대가 아니라
육천육백 대를 때려 주고 말 테다.
나한테 말대꾸할 생각일랑 마라.
아주 혼이 쏙 빠지게 제대로
때려 줄 테니까."

Retiróse la duquesa, para saber del paje lo que le había sucedido en el lugar de Sancho, el cual se lo contó muy por extenso, sin dejar circunstancia que no refiriese; diole las **bellotas**, y más un **queso** que Teresa le dio, por ser muy bueno, que se aventajaba a los de **Tronchón** Recibiólo la duquesa con grandísimo gusto, con el cual la dejaremos.

공작 부인은 산초의 마을에서 무슨 일이 일어났는지
알고 싶어서 자리에서 물러나 시동에게 물었다.
시동은 하나도 빠짐없이 아주 광범위하게 모든 상황을
부인에게 이야기하고 **도토리**와 테레사에게 받은 **치즈**
한 조각도 내놓았는데, 이 치즈는 **트론촌**에서 생산되는
치즈보다 질이 우수한, 아주 훌륭한 것이었다.
공작 부인은 대단히 흡족해하며 치즈를 받았다.

트론촌 치즈보다 만체고 치즈
치즈

——— 산호 묵주를 주기에 도토리와 치즈를 보냈지

"모과를 나한테 주기에 구슬을 건네주었지. 답례가 아니라 내내 친하자는 뜻으로." 『시경』에 나오는 「모과」라는 시다. 이 시를 접한 후, 나는 모과를 우정의 메신저로 생각하게 되었다. 그냥 그렇게 믿어 버렸다. 천진난만한 어린애들이 어디 들판에서 놀고 있다가, 한 아이가 나무에서 떨어진 모과 하나를 주워 손에 얹어 주고, 또 다른 아이가 주머니에 들어 있던 작은 구슬 하나를 꺼내 건네주고. 그런 장면을 상상했다. 잘 보이고 싶어서도 아니고 고마워서도 아니고, 그저 지금이 참 좋고 앞으로도 오래도록 재미나게 잘 지냈으면 좋겠다는 마음으로. 땅바닥에 구르던 낙엽 한 장이어도 상관없고 주머니 속에 꼬깃꼬깃해진 한낱 껌 종이어도 상관없고. 무언가 가진 것을 쓱 내미는 그 순간의 애틋함.

오래전 첫 책을 출간했을 때, 한 선배 작가로부터 편지가 왔다. 진솔한 감상평과 함께 진심 어린 축하와 다정한 응원에 마음이 절로 따뜻해지는 편지였다. 동경하던 선배 작가로부터 받은 기별만으로도 눈물 나게 좋았는데, 선물로 따라온 예쁜 찻잔 세트. 그래서 나는 곧장 답신을 써 보내면서, 가지고 있던 보이차를 함께 보냈다. 얼마 후 선배에게서 엽서 한 장이 도착했는데, 거기에는 이렇게 쓰여 있었다. "찻잔을 보냈더니 차가 도착했네요. 향이 좋아요. 이러다가 항아리를 보내면 된장이 오겠구나, 욕심내겠어요. 건필하세요." 물론 항아리는 보내지 않았지만, 그 마음의 빛과 무늬는 오고도 남았다. 다음엔 된장을 먼저 보내 항아리를 받아 보자, 내내 그렇게 친해 보자 욕심이 났으면서도, 이상하게 그리 하지 못했다.

산초가 바라토리아섬에서 배고픈 통치를 하고 있는 사이, 돈키호테가 공작의 집에서 농락을 당하며 고양이에게 얼굴을 물어뜯기고 있는 사이, 공작 부인은 산초의 아내 테레사에게 편지를 보낸다. 산초가 섬의 통치자가 되어 아주 훌륭하게 일 처리를 하고 있으며, 앞으로 무슨 필요한 일이 생기면 언제든지 자신에게 연락을 달라, 언젠가는 딸 산치카에게 좋은 중신 자리를 알아봐 줄 생각도 하고 있다, 이런 놀라운 편지.

평생 염소나 치던 남편 산초가 섬의 통치자가 되었다니. 편지와 함께 선물로 온 산호 목걸이가 아니었다면 결코 믿지 못할 일이었다. 목걸이 양쪽 끝은 금으로 되어 있었으며, 산초를 위한 사냥복도 함께였다. 이 얼마나 우쭐해질 일인가. 편지를 가져온 시동의 말마따나 아라곤의 마님들은 소탈하고 겸손하기까지 한 모양. 농가 아낙에게 도토리를 달라고 청하는 걸 보면 정말 그랬다. 테레사와 딸 산치카는 이리 우쭐 저리 흥분, 귀족 부인이 될 날을 상상하며 벌써부터 예쁜 치마를 사야겠느니 마차를 마련해야겠느니 허영에 들떠 수선을 피운다. 얼마나 좋았는지 딸 산치카는 오줌을 쌀 정도. 이 기회를 놓칠세라 아예 시동을 따라 공작 부인에게 가겠다고 나서기까지 한다.

산초가 수없이 말해 왔던 것처럼, "송아지를 준다고 하면 밧줄을 쥐고 달려가"고, "훌륭한 선물을 주면서 강아지처럼 놀려 대도 선물만은 자루에 넣어야" 하는 법. 워워 진정해라 산치카. 정말 속담 없이는 대화가 안 되는 집안이다. 테레사는 편지를 가져온 시동에게 절인 돼지고기를 큼지막하게 잘라서 대접한 다음, 글을 쓸 줄 아는 성당 복사에게 달걀 두 알과 빵 한 덩이를 주고 답장을 쓰게 한다. 공작 부인에게 한 장, 남편 산초에게 한 장. 진정하고도 세속적인 편지를 보낸다.

"어디 사시는지 모르는 나의 주인 아무개 공작 부인. 도토리를 보내 달라고 하시니 보내 드립니다. 산에 가서 하나하나 골라 주워 담은 가장 큰 것이옵니다. 그리고 남편에게 돈 좀 보내 달라고 해 주십시오. 이왕이면 좀 많이. 다음에는 편지가 아니라 뵙기를 간절히 바라는 테레사 판사 올림."

"내 영혼의 주인인 여보. 세상에 오래 살다 보니 이런 일이 다 있군요. 공작 부인에게 도토리를 좀 보내 드렸는데, 당신은 내게 진주 묵주나 몇 개 보내 줘요. 올해 올리브 농사는 쫄딱 망했고 마을 광장에 샘은 다 말라 버렸어요. 나도 그곳에 가겠다고 마음먹었으니 빨리 불러 주세요. 당신이 오래 살기를 바라는 당신의 아내 테레사."

그리하여 공작 부인의 청대로 더도 덜도 아닌 도토리 스물네 알을 보냈는데, 타조 알만큼 컸으면 좋았겠지만 그보다 더 큰 건 찾을 수 없을 만큼 큰 것만 골랐다느니, 도토리가 금이었다면 얼마나 좋겠냐느니, 생색과 허세는 산초를 능가하고도 남는다. 답신을 받은 공작 부인은 테레사의 편지를 보고 몹시 즐거워했는데, 특히 시동이 건네준 치즈를 마음에 들어 했다. 트론촌에서 생산되는 치즈보다 질이 우수한, 아주 훌륭한 치즈였다고.

그 어떤 생색이나 허세도 없이 보낸, 시동에게 가다 먹으라고 준 것인지 공작 부인에게 보낸 것인지도 확실치 않은 그 치즈가, 온갖 산해진미를 맛보고 사는 공작 부인의 입맛에 딱 맞았다니. 원하던 도토리는 놔두고 치즈만 쏙 챙겨 갈 정도로 마음에 들었다니.

대체 무슨 치즈이기에. 트론촌 치즈는 또 얼마나 맛있다고 소문난 치즈이기에.

—— 라만차의 냄새를 간직한 치즈

트론촌 치즈는 『돈키호테』에서 두 번 언급된다. 한 번은 테레사가 보낸 치즈의 맛과 비교하기 위해서 등장하고, 또 한 번은 산초가 길에서 공작의 시동을 만나 얻어먹은 음식에서 등장한다. 이름까지 확실하게 밝힌 치즈로는 유일하다. 사자와의 대결 때 투구 속에 들어 있던 레케손은 치즈라기보다는 유제품에 가까우므로 패스.

트론촌 치즈는 테루엘의 트론촌이라는 마을에서 시작된 치즈로, 양, 염소, 소, 세 가지 동물의 젖을 섞어 만든다. 원통형에 위아래 중앙에 분화구처럼 우묵하게 들어가 있고, 나무 껍질과 꽃 모양의 패턴이 각인되어 있는 것이 특징이다. 껍질에 올리브유를 발라 가며 숙성시키기 때문에, 겉면에 약간의 기름기가 남아 있다.

트론촌 치즈의 맛이 어떤지는 산초가 몸으로 알려 준다. 바르셀로나에서 하얀 달의 기사에게 패배하고 집으로 돌아가는 길에, 공작 부인의 심부름을 가고 있는 시동을 만났을 때다. 시동은 부왕에게 보내는 편지를 전하기 위해 바르셀로나로 가고 있었고, 돈키호테 일행은 바르셀로나에서 길을 거슬러 집으로 돌아가던 길. 그 시동은 주로 편지 배달 일을 했던 모양. 돈키호테와 산초를 퍽 좋아했던 모양. 바짓가랑이를 끌어안고 반가워하면서 제 자루에 든 음식을 드시겠냐 묻는다.

"뜨뜻하기는 해도 맛은 순수한 고급 술이 호리병 가득 있습니다. 그리고 술을 부르는 트론촌 치즈도 있습니다."

패배하고 집으로 돌아가는 돈키호테가 무슨 입맛이 있겠는가. 술을 즐기지도 않는 양반이 술을 부르는 치즈가 무슨

소용이겠는가. 그리하여 돈키호테는 아무것도 먹지 않고 슬슬 먼저 걸어가고, 산초는 그 자리에 남아 푸른 풀밭에 앉아 자루에 든 식량을 나눠 먹는데, 어찌나 맛이 좋던지 자루에 든 모든 음식을 순식간에 해치워 버린다. 시동이 들고 가는 편지에서 트론촌 치즈 냄새가 난다는 이유로 종이까지 핥을 정도다. 냄새가 밴 종이까지 핥고 싶게 만드는 맛. 산초의 식성이 유난스러운 건지, 트론촌 치즈 냄새가 유난스럽게 구수한 것인지 모르겠지만, 어쨌거나 정신 줄 놓고 남의 도시락 다 빼앗아 먹게 만들 만큼 맛있는 맛. 시동은 바르셀로나까지 무얼 먹고 가라고.

이토록 맛있는 트론촌 치즈보다 더 훌륭하고 질이 좋은 치즈는 무엇인가. 말할 나위 없이 만체고 치즈. 스페인 치즈 하면 제일 먼저 떠오르는 만체고 치즈. 테레사가 굳이 다른 지역의 치즈를 들려 보냈을 리는 없고, 그냥 되는 대로 집어 무심히 건네준 우리 동네 치즈, 만체고 치즈. 그러니까 트론촌 치즈는 만체고 치즈를 자랑하기 위한 이인자이자 들러리. 아라곤 치즈와 라만차 치즈의 서열이 확정되는 순간이다.

만체고 치즈queso manchego는 라만차 지역에서 나고 자란, 그 어떤 종과도 교배되지 않은 순수 혈통의 만체가manchega 품종의 양젖으로만 만든다. 건조한 바람과 계절마다 극심한 온도

차를 보이는 험난한 기후. 험악한 산과 바위와 드넓은 초원의 풀을 뜯어 먹으며 자란 만체가의 젖은 라만차 자연의 냄새를 그대로 품어 독특한 향과 맛을 낸다. 풀과 흙과 바위 냄새와, 그 위에 부는 바람과 작렬하는 태양의 기운까지.

만체고 치즈는 지역 인증 제도로 관리되고 있다. 라만차 지역에서도 알바세테, 시우다드 레알, 쿠엥카와 톨레도 등 여섯 개 지역으로 국한되고, 순수 만체가 종의 양젖 100퍼센트를 사용해, 농장에서는 비살균, 공장에서는 저온 살균해 제조한다. 지리적 원산지 보호제도로 지정된 치즈는 스페인 전국에 스물일곱 곳. 우유를 기본으로 다양한 타입의 치즈를 만드는 메노르카섬의 '마온mahón', 우유로 만든 크림치즈인 칸타브리아의 '칸타브리아cantabria', 단풍나무 잎으로 감싸서 숙성시켜 만든 블루치즈인 아스투리아스의 '카브랄레스cabrales' 등이 유명하다.

—— 만체고 치즈를 진짜 맛있게 즐기는 일곱 가지 방법

1. 자르는 즉시 혀에 올려놓고 녹여 먹는다. 치즈 그 자체를 즐기는 방법.

2. 하몽과 함께 먹는다. 살치촌, 살치차, 로모, 초리소. 그 어떤 엠부티도embutido와도 다 잘 어울린다.

3. 빵 사이에 넣어 먹는다. 치즈만으로도 충분하다. 하몽이나 구운 파프리카를 추가해도 좋다. 엔초비와 만체고 치즈는 의외의 맛있는 조합.

4. 부스러뜨려 음식에 얹어 먹거나 속으로 채워 넣는다. 샐러드는 물론이고 뜨거운 수프, 차가운 수프, 볶음 요리 위에 얹으면 음식의 향과 맛을 풍부하게 만든다. 만체고 치즈 크로케타croqueta de queso manchego는 부드럽고 향기롭고 고소하다. 만체고 치즈를 넣은 무슨 무슨 요리를 만나면 그냥 믿고 먹어도 좋다.

5. 올리브유에 담그거나 뿌려 먹는다. 만체고 치즈는 겉면에 올리브유를 발라 가면서 숙성시키는데, 그래서 그런지 올리브유를 뿌려 먹으면 향이 더 진하게 다채로워진다. 썰고 남은 만체고 치즈를 신선하게 보관하기 위해 잘린 면에 올리브유 막을 입히는 것도 좋은 방법. 아예 올리브유에 담근 만체고 치즈가 상품으로 나오기도 한다.

6. 빵가루를 입혀 튀겨 먹는다. 케소 만체고 프리타queso manchego frita. 이 맛있는 걸 튀기기까지 했으니 맛이 없을 리가 없다.

7. 치즈 삼합 혹은 치즈 사합을 추천한다. 사합이란 무엇이냐. 치즈, 과일, 견과류, 꿀. 가장 잘 어울리는 과일은 포도와 무화과. 생것으로도 좋고 말린 것으로도 좋다. 견과류는 아몬드, 호두, 잣, 무엇이든 괜찮다. 꿀 대신 잼, 마멀레이드, 단것이라면 뭐든 괜찮다. 둘씩 셋씩 짝을 지어서 먹어 본다. 잼을 살짝 발라서, 무화과 위에 올려서, 아몬드는 치즈로 감싸서. 뭐든 상관없다. 무슨 조합이든 다 맛있다. 삼층탑 사층탑을 쌓아 올려 한입에 넣어도 좋다. 그 조합은 홍어와 묵은지와 돼지고기의 완벽한 조합인 홍어 삼합과도 같다. 여기에 필요한 것은 무엇? 막걸리. 치즈 삼합에는 무엇? 당연히 와인. 만체고 치즈에는 역시나 산초가 최고라고 칭했던 시우다드 레알의 와인이 가장 잘 어울린다. 거친 듯 보드랍고 강렬한 듯 향긋한 템프라니요 품종의 와인. 말라가산 말린 무화과와 납작한 모양의 아몬드와 함께하면 금상첨화. 치즈계의 천상천하 유아독존, 아니, 삼존불상 되시겠다.

"뜨뜻하기는 해도
맛은 순수한 고급 술이
호리병 가득 있습니다.
그리고 술을 부르는
트론촌 치즈도 있습니다."

Tendiéronse en el suelo, y, haciendo manteles de las yerbas, pusieron sobre ellas **pan**, **sal**, **cuchillos**, **nueces**, **rajas de queso**, **huesos mondos de jamón**, que si no se dejaban mascar, no defendían el serchupados. Pusieron asimismo un manjar negro que dicen que se llama **cavial**, y es hecho de **huevos de pescados**, gran despertador de la colambre. No faltaron **aceitunas**, aunque secas y sin adobo alguno, pero sabrosas y entretenidas. Pero lo que más campeó en el campo de aquel banquete fueron seis botas de **vino**, que cada uno sacó la suya de su alforja. Comenzaron a comer con grandísimo gusto y muy de espacio, saboreándose con cada bocado, que letomaban con la punta del cuchillo, y muy poquito de cada cosa, y luego, al punto, todos a una, levantaron los brazos y las botas en el aire; puestas las bocas en su boca, clavados los ojos en el cielo, no parecía sino que ponían en él la puntería; y de esta manera, meneando las cabezas a un lado y a otro, señales que acreditaban el gusto que recebían.

땅바닥에 퍼질러 앉아 풀을 식탁보로 삼고 그 위에
빵, 소금, 칼, 호두, 치즈 조각, 그리고 씹기는 어렵지만
빨아 먹기에는 좋은 **맨질맨질한 하몽 뼈다귀**를 내놓았다.
또한 사람들이 **캐비아**라고 부르는 검은 진미도
올려놓았는데, 이것은 **물고기의 알**로 만든 것으로
먹으면 엄청난 갈증을 느끼게 된다고 했다.
물론 올리브 열매도 빠지지 않았다.
절인 것이 아닌 말린 것으로 심심풀이로 먹기 좋았다.
무엇보다 그 만찬 자리를 빛낸 것은 **포도주가 들어 있는
여섯 개의 가죽 부대**였다. 저마다 자기 부대를 꺼냈는데,
모리스코에서 독일인인지 색슨족인지로 변신한
착한 리코테가 꺼낸 부대는 그 크기에 있어 다른 다섯 개와
견줄 만했다. 그들은 아주 맛있게, 그리고 아주 천천히
먹기 시작했다. 음식마다 칼끝으로 조금씩 집어
한 입 한 입 맛을 음미하면서 먹고,
그러자마자 즉시 한꺼번에 다 같이 팔을 들어
허공에 들어 올린 술 부대 주둥이에 입을 대고,
눈은 하늘을 응시하는 품이 마치 하늘을 조준하는 것
같았다. 그러고는 좌우로 머리를 흔들어
포도주 맛이 좋다는 것을 표현했다.

이것이 진정한 술상이다
하몽 뼈다귀

――― 하몽 뼈다귀의 쓸모

하몽이라는 걸 처음 알게 된 것은 〈하몽하몽〉이라는 영화를 통해서였다. 꼽아 보니 무려 30여 년 전, 어리디어린 페넬로페 크루즈와 하비에르 바르뎀의 싱그러운 육체에 우선 넋부터 빼앗겨, 하몽이 어떤 맛일지 상상하는 일까지는 나아가지 못했다. 다만 '나의 하몽'이라는 말이 '너를 욕망한다'의 의미, '나를 얼마나 사랑하느냐'는 질문에 '하몽만큼'이라는 답변, 성적 쾌감의 정점에 올랐을 때 터져 나오는 '하모나하모나'와 그에 응답하는 '하몽하몽', 달콤한 허니 따위와는 체급과 등급이 다른 성적인 언어. 짐작건대 하몽은 굉장히 육감적인 맛일 터였다. 그런데 영화의 마지막 장면을 보고 나서는 굳이 찾아 먹어 보자는 생각이 사라져 버렸다. 거기에서 하몽은 언어라기보다는 살인 무기였다.

여차 저차 얽히고설킨 치정의 과정은 일단 생략하자. 관계도로만 보면 막장 중의 막장이니까. 널 죽여 버리고 말겠어, 달려드는 호세. 그에 맞서 싸우는 라울. 호세와 라울이 각각 무기로 손에 쥔 것은 하몽이었다. 그런데 하필이면 호세가 잡은 것은 거의 다 잘라 먹고 남은 앙상한 하몽 뼈다귀였고, 라울이 방어하다 잡은 것은 창고에 걸려 있던 새 하몽이었다는 것. 하몽 다리 하나 무게가 10킬로그램에 육박한다는 것을 감안하면, 처음부터 승패가 정해진 싸움이었는지도 모르겠다. 그것은 회초리와 몽둥이의 대결. 감자 토르티야tortilla patata를 좋아하는 우유부단 마마보이와 하몽과 마늘로 단련된 야생 사나이의 대결.

만약 호세가 뼈다귀 하몽이 아니라 튼실한 하몽을 무기로 삼았더라면 결과가 달라졌을까? 그 얽히고설킨 치정의 비극적 결말을 피할 수 있었을까? 염장 돼지 뒷다리에 머리통을 맞아 삶을 마감한 인생이라니. 어쨌거나 입맛 싹 사라지는 결말이었다.

하몽은 저장 식품이지만 전투 식량이기도 했다. 그럴 수밖에. 휴대성이며 간편성이며 영양 공급 면까지 전장에 나간 사람들에게 염장 돼지고기만 한 게 어디 있겠는가. 말안장에 걸어 놓고 다니다가 배고프면 쓰윽 쓱 썰어 먹고, 살을 다 발라 먹고 남은 뼈다귀들은 푹 고아 국도 끓여 먹을 수도 있으니. 하몽 뼈다귀탕에 대해서는 하몽 카빙 선생에게서 들었다.

하몽 자르는 법을 배웠다. 다리 하나를 사서 껍질을 벗기고 부위별로 살 바르는 과정을 모두 마치는 데 한나절이 걸렸다. 다 발라내고 남은 뼈다귀를 육절기로 잘라 포장해 주면서 하는 말. 한 반나절 푹 끓여, 뼈에 붙은 살이 떨어지고 뼛속에 든 게 우러날 때까지. 거기에 채소를 넣고 매운 파프리카 가루로 맛을 내면 아주 기가 막혀. 감자, 양파, 병아리콩, 완두콩, 흰콩, 뭐든 괜찮아. 내 어머니는 아욱을 넣고 끓이지. 한번 해 봐, 레알 하몽하몽이야. 설명을 들으니 그야말로 감자탕이다. 설명대로 한나절 푹 끓여 하몽 감자탕을 끓여 먹으면 좋으련만, 부엌을 갖추지 못한 나는 어찌할 도리가 없어 친구 어머니에게 드렸고, 그녀는 정말 신선한 뼈다귀를 가져왔다며 진심으로 반겨 주었다. 아욱 넣고 끓여 달라는 말은 하지 못했다.

───── 황홀한 술상

산초가 바라토리아섬의 총독직을 반납하고 나왔던 것은 비단 터무니없이 빈약한 식탁 때문이었을까? 산초가 진정으로 원한 것은 자유였다. 마음껏 먹을 자유. 원하는 것을 마음껏 누리고 살 자유. 그러나 그곳에서 그는 그야말로 날개를 단 개미 신세. 개미가 날개를 달아 봐야 온갖 새들의 먹잇감, 놀림감이나 될 뿐. 총독이 날개인 줄 알았으나 구속과 속박의 사슬이었을 뿐.

섬사람들이 한밤중에 벌인 전쟁놀이는 장난이라기에는 너무나 악의적이고 도가 지나쳤다. 밥도 제대로 먹지 못한 채 찬물 몇 잔 마시고 겨우 잠이 든 산초에게, 난데없이 적들의 침입을 알리며 전투 준비를 하라니. 가운도 걸치지 못하고 슬리퍼만 겨우 끌고 나간 산초에게 둥근 방패 두 개를 앞쪽에 뒤쪽에 묶어서 옭아매니, 그 꼴은 껍질에 갇혀 버둥대는 거북이, 나무 상자에 낀 절인 돼지고기 반쪽, 모래톱에 걸려 바닥을 드러내고 넘어진 배. 옴짝달싹 못 한 채 짓밟히고 두들겨 맞고, 기름 솥을 달궈라 참호를 만들어라 정신을 사납게 만드는 함성들. 마을을 구하겠다고 나선 산초에게 절대로 해서는 안 되는 짓이었다.

그렇게 가짜 전쟁이 끝나고 난 후. 공포와 놀라움과 피로로 기절해 버린 산초. 동이 트기 시작할 때 잠에서 깬 그는 잠자코 옷을 입고 떠날 채비를 한다. 한동안 잊고 지냈던 당나귀 잿빛이를 찾아가 끌어안고 이마에 입을 맞추며 고백한다.

"그 옛날 너와 고생과 가난을 같이해 오는 동안에는 걱정 없이 행복했는데. 너를 내버려 두고 야망과 오만의 탑 위에 오르고 난 후 수천 가지 비참함과 수천 가지 불안이 들어오더구나. 내가 잘못했다. 네덜란드산 이불 잠자리에 들고 검은담비 옷을 입고 살면 뭐 하겠느냐. 코르도바 가죽 구두를 신고 폼을 내면 뭐 하겠느냐. 차라리 새끼양가죽을 입고 겨울을 나고 여름이면 떡갈나무 그늘에서 쉬면 되지. 끈으로 동여맨 투박한 삼베 신발을 신으면 어떠냐. 이불이 아무리 길더라도 그보다 더 길게 다리를 뻗을 수는 없지 않겠느냐."

나중에 돈키호테도 공작의 성을 떠나며 그와 비슷한 고백을 한다. 성에서 안락하고 풍성하게 지내는 동안에도 굶주림과 궁핍 속에 있는 듯했다고. 받은 호의와 은혜에는 보상의 의무가 따르므로 속박을 받을 수밖에 없었다고. 자유는 하늘이 인간에게 주신 가장 귀중한 것. 자유를 위해서라면 명예를 위해서 하듯 목숨을 걸어야만 한다고.

그렇게 자유의 몸이 된 산초는 당나귀 잿빛이 등에 올라타

서둘러 돈키호테에게로 향한다. 그때 이 모든 시련의 기억을 잊게 해 줄 무리가 나타났으니, 노래를 부르며 구걸하는 여섯 명의 외국인 순례자. 적선을 하는 그들에게 산초는 자신이 가지고 온 빵 반쪽과 치즈 반쪽을 전부 내주기까지 하는데. 아, 산초는 이제 먹을 것에는 완전히 해탈한 사람이 된 모양이다. 그들이 원하는 건 음식이 아니라 돈. 물론 산초는 땡전 한 푼도 가진 것이 없다. 서둘러 자리를 뜨려 하는 순간, 무리 속에서 짠 하고 나타나 산초의 허리를 감싸 안으며 반가워하는 한 사람이 있었으니.

그는 산초와 같은 마을에서 가게를 하던 무어인 리코테. 국왕의 추방령에 따라 고향에서 추방돼 아프리카와 독일, 프랑스 등등을 전전하다가 고향이 그리워 변장을 하고 순례자들 사이에 숨어 돌아왔단다. 아 이렇게 반가울 수가. 하지만 추방자가 돌아오면 큰 봉변을 당하고야 말 텐데. 어쩌려고 온 것이냐. 그 사연은 나중에 듣고 일단 목이나 축이고 보자 상을 차리는데. 그들이 꺼내 놓은 것은 말 그대로 술을 불러오는, 자극적인 음식들이렷다. 그것은 밥상이 아니라 술상. 아름다운 술안주들의 향연.

빵과 소금, 호두, 치즈 조각, 씹기에는 어려울지 몰라도 빨아 먹기에는 좋은 매끈한 하몽 뼈다귀, 캐비아라고 하는 검은

물고기 알, 소금에 절인 것이 아닌 말려서 심심풀이로 먹기 좋은 올리브 열매. 아름답다 못해 황홀한 술안주들. 빵이나 치즈는 그렇다 치더라도 캐비아라니. 이 사람들 대체 뭐 하는 사람들이기에 캐비아에 술을 먹는가. 순례자 행색으로 다니고 있으면서 음식은 순례자가 아니라 로마 황제다. 그들은 아주 천천히 음식마다 칼끝으로 조금씩 집어 한 입 한 입 맛을 음미하면서, 아주 맛있게 먹는다.

무엇보다 그 만찬 자리를 빛낸 것은 포도주가 들어 있는 여섯 개의 가죽 부대. 술을 마시는 게 아니라 들이붓는다. 안주는 칼끝으로 조금씩 찍어 먹으면서. 술부대 주둥이에 입을 대고 콸콸. 마치 하늘을 조준하는 것처럼 고개를 위로 젖히고 콸콸. 좌우로 머리를 흔들어 그 와인 참 맛있네 외치면서 콸콸. 술 부대에서 배 속으로 옮겨 담을 작정으로 콸콸. 산초도 그들이 하는 것처럼 하늘을 향해 고개를 들고 콸콸. 몸을 좌우로 흔들어 가며 콸콸. 술 부대가 바싹 말라붙을 때까지 콸콸. 얼마나 흥겹고 자유로운 술자리인가. 저렴의 섬인지 빌어먹을 섬인지에서의 굴욕과 악몽은 술과 함께 사라지고.

이것이야말로 진정한 진수성찬, 즐거운 만찬, 위안의 밥상, 황홀한 술상. 독일 사람 프랑스 사람, 왕의 명령으로 추방당한 무어인, 스스로 총독직을 반납하고 나온 벌거벗은 통치자,

모두 함께 어울려 자유롭게 먹고 즐기는 만찬 중의 만찬. 자고로 식탁이란 이래야 하는 법.

하몽은 전투 식량이지만 무기로 사용되어서는 안 된다. 먹는 것이 무기가 되어서도 안 되지만, 먹는 것으로 수작질을 부리는 것은 더욱 안 된다. 하몽 뼈다귀는 이렇게 사용되어야 한다. 무어인이건 독일인이건, 추방당한 자건 숨어든 자건 구걸하는 자건, 모두 함께 쪽쪽 빨며 술맛을 돋우는 일. 이 얼마나 쓸모가 많은가, 하몽 뼈다귀는. 쪽쪽 빠는 것으로 술맛을 돋울 수도 있으니. 한 다리를 돌려 가며 빨아 먹었는지, 각자 한 다리씩 들고 빨아 먹었는지는 알 도리가 없지만. 나도 언젠간 한번 해볼 테다. 한 손엔 하몽 뼈다귀를 또 한 손엔 술병을 잡고, 번갈아 쪽쪽. 머리를 좌우로 흔들. 다음 날 해장은 뼈다귀탕으로. 그게 해장이 될지 어떨지는 모르겠으나, 어쨌거나 하몽 뼈다귀와 함께한 음주의 밤은 그 자체로 해장의 시간. 속 시원하다 하몽 뼈다귀.

Lo que real y verdaderamente tengo son dos uñas
de vaca que parecen **manos de ternera, o dos
manos de ternera** que parecen **uñas de vaca**; están
cocidas con sus garbanzos, cebollas y tocino,
y la hora de ahora están diciendo: "¡Coméme!
¡Coméme!"

"진짜 정말로 가지고 있는 건
송아지 발을 닮은 **소 발톱** 두 개,
아니면 소 발톱으로 보이는 **송아지 발 두 개**이지요.
여기에 **병아리콩과 양파,**
소금에 절인 돼지고기를 넣고 요리한 건데,
지금 '날 먹어, 날 먹어' 하고 있답니다."

무엇이든 다 있지만 원하는 건 정작 없는 객줏집

소 발톱

—— 별거 아닌 식당의 아스파라거스

말라가산 고갯마루에 나다nada라는 이름의 식당이 있다. 무, 없음, 아무것도 아닌 것, 별것 아닌 것. 식당 이름으로 지나치게 겸손하다 못해 미심쩍기까지 하다. 먹을 게 있기는 한 걸까? 아니면 그만큼 자신 있다는 표현일까? 요리? 그까잇 것, 뭐 이럼 느낌? 어쨌거나 나무 문을 열고 들어가면 제일 먼저 볼륨을 높인 텔레비전 소리가 맞고, 소리가 나는 쪽으로 좀 더 들어가면 텔레비전 앞에 나란히 앉은 노부부가 보이고, 식사할 수 있어요? 물으면 물로온~ 아무 데나 원하는 곳에 앉으셔. 말을 해 놓고도 한동안 텔레비전에서 눈을 떼지 못하는 노부부. 정말 여기 식사가 되는 곳이긴 한가. 그곳에 데려간 친구에게 눈짓으로 항의를 해보게 되는, 아주 오래된 낡은 식당. 내 마음을 읽기라도 한 것인지 친구가 식당 여기저기를 가리키며 말했다.

이 길이 옛날에는 내륙으로 가는 가장 큰 길이었어. 고속도로가 생기기 전까지는 다 이 길로 다녔다고. 전망 좋지, 산마루에 자리도 넓게 잡았지, 사람들이 얼마나 북적거렸는데. 저기 사진 보이지? 이 집 아들이야. 꽤 유명한 투우사였어. 경기가 있는 날엔 다들 여기까지 몰려와서 파티를 하고 그랬는데. 이 집 어머니는 못 하는 음식이 없어. 맛은 또 얼마나 좋은지. 자 골라 봐. 스페인 음식의 모든 것이 여기 다 있다고.

친구가 직접 가져다준 메뉴판을 보니 아무래도 식당 이름을 바꿔야 할 것 같다. '아무것도 없는nada'에서 '원하는 건 뭐든todo'으로. 메뉴판이 거짓말 조금 보태 그야말로 노래방 곡목집 두께다. 에피타이저에서 디저트까지, 뽕짝에서 힙합까지. 이게 정말 다 돼? 물론이지. 잠깐 고민 좀 해 봐도 될까? 도대체 뭘 불러야 팡파르가 울릴까. 내가 아는 노래라고는. 아이고 머리야. 사전을 찾아 가며 메뉴판을 넘기고 있는데. 할머니가 와서 메뉴판을 딱 덮는다.

아스파라거스 먹어. 오늘 아침에 산에서 아스파라거스 따왔거든. 아주 맛있어. 어제 비가 와서, 밤새 얼마나 예쁘게 자랐는지 몰라. 아스파라거스 계란 볶음하고, 여기 이거 '농부들의 점심', 디저트는 나티야, 됐지? 그러고는 주방으로 총총 사라진다. 아이참 처음부터 그렇게 추천해 주시든가. 친구가 웃는다. 그럴 줄 알았다는 듯. 후회하지 않을 거야. 다짐하듯 말한다.

물론 후회하지 않았다. 그렇게 향기로운 아스파라거스 요리는 처음 먹어 봤다. 야생 아스파라거스를 손가락 크기로 잘라 계란을 넣고 볶은 레부엘토 요리. 쌉쌀하면서도 달콤한 아스파라거스와 고소한 계란 맛이 기가 막히게 조화로웠다. '농부들의 점심'은 한 접시에 담아 온 고기 뷔페였다. 소시지, 소금에 절인 돼지고기, 라드에 묻어 놓은 쇠고기 장조림, 베이컨, 거기에 감자 튀김과 고추 튀김까지. 고추 튀김은 또 얼마나 맛있던지. 먹은 값을 하려면 하루 온종일 밭을 매도 모자랄 것 같았다. 농부들은 정말 이런 점심을 먹고 일을 했을까? 이 정도로 먹어 둬야 고된 일을 해낼 수 있었던 걸까?

후식까지 먹고 식당을 나서면서, 정말 맛있게 먹었다 고맙다 인사를 했더니, 할머니는 어깨를 으쓱하며 말했다. 데 나다de nada. 별거 아냐. 그까잇 것, 뭐.

그리고 여기 또 하나의 식당이 있다. 돈키호테와 산초가 사라고사 인근에서 묵은 객줏집. 뭐든 다 된다는 팻말을 내건 곳.

돈키호테와 산초는 편안했던 공작의 집을 떠나, 무술 대회에 참가하러 사라고사로 향한다. 무술 대회에서 우승하면 우승의 명예뿐 아니라 근사한 갑옷도 상품으로 받을 수 있으니. 그들은 드디어 자유의 몸이 되었다. 이 얼마나 귀중한 자유던가. 자유는 하늘이 인간에게 주신 가장 귀중한 것. 공작의 성에서 받은 연회는 아무리 풍성하고 안락해도 속박일 뿐. 돈키호테는 말한다. 하늘로부터 빵 한 조각 받은 자는 복되다고. 이제 다시 빵과 말린 과일로 연명한다 해도 자유를 얻었으니 되었다고.

그러거나 말거나 객주에 도착한 산초는 여느 때처럼 로시난테와 잿빛이에게 먹을 것을 좀 챙겨 달라 부탁하고는, 뭐 먹을 게 있는지부터 물어보는데, 주막집 여주인 말씀이 원하는 게 있으면 뭐든지 말하란다. 자기네 집에는, 공중을 나는 새, 땅을 걷는 새, 바다에서 나는 새까지 다 있으니까. 산초는 다 필요 없고, 그저 병아리 두 마리만 구워 달라 부탁한다. 어차피 돈키호테는 예민해서 조금밖에 안 먹으니까. 소박하게 병아리 두 마리 정도? 그러자 주인은 마침 솔개들이 병아리를 깡그리 채 가서 없다고 다른 걸 먹으란다. 이때부터 시작된, 뭐든 다 되었었지만 때마침 안 되는 요리들.

"그렇다면 연한 새끼 암탉 한 마리만 구워 주쇼."
"아이고 어쩌나 어제까지 암탉이 쉰 마리 이상이나 됐었는데, 마침 오늘 도시에 팔아 버렸는데."
"그럼 송아지고기나 산양고기가 될까요?"
"아이고 조금 전까지만 해도 있었는데, 딱 지금 떨어졌지 뭐유. 다음 주에는 철철 넘칠 예정인데."
"이것도 저것도 안 되면, 그럼 계란은 되오?"
"이 양반 참 둔하시긴, 암탉들을 다 팔아 버렸는데 어찌 계란이 있겠소. 어제까지는 있었지만 지금은 없지요. 괜찮으면 다른 걸 생각해 보시지요. 아주 맛있는 걸로다가."

모든 게 다 준비되어 있으나, 원하는 건 마침 없는 식당. 도대체 가지고 있는 건 뭐냐? 바로 그걸 주시라. 산초가 묻자 여주인이 말한다. 그러니까 솔직히 진짜로 정말로 지금 가지고 있는 것은, 송아지 발을 닮은 소 발톱 두 개인지, 소 발톱같이 생긴 송아지 발인지, 손인지 발인지 발가락인지 발톱인지 큰지 작은지 모르겠지만 아무튼 우족, 푹 삶아 병아리콩과 양파와 베이컨을 넣고 끓인 음식이 있는데, 고것들이 나 좀 먹어 줘요, 나 좀 먹어 줘요, 안달을 하며 바글바글 끓고 있으시단다.

아 이분, 정말 대단하시다. 입담 좋은 산초와 말을 섞어서 이겨 먹는 사람은 이분이 처음이시다. 손인지 발인지 발톱인지 발인지 모를 것들이 먹어 줘요, 먹어 줘요 하고 있다니. 다 된다고 해 놓고 겨우 하나 되면서 말씀은 청산유수. 어쩌면 늘 그 발톱인지 손바닥인지 하는 요리만 만들고 있는지도 모르겠다. 산초보다 그 요리를 더 좋아했던 사람이 객줏집 주인 양반인 걸 보면. 냄비를 들고 왔다가 자연스럽게 합석해 앉아 식사를 한 걸 보면. 물론 산초도 맛있게 먹었다. 발톱인지 발인지를 두 손으로 붙잡고 쪽쪽 빨아 가며. 입씨름 끝에 얻어 낸 음식이어서 그랬는지, 정말 그 소 발톱 스튜가 맛있어서 그랬는지.

상술이 좋은 요리사인지 순정한 요리사인지 알 수는 없지만, 그날의 재료로 주인이 좋아하는 음식을 만들어 내주는 식당. 어쩐지 정겹다. 아무것도 아닌 이름을 내걸었든, 뭐든 다 되는 이름을 내걸었든. 그래도 이 식당은 좀 개선할 필요가 있어 보인다. 산초의 말마따나 객줏집 식재료에 대해 덜 자랑하든지, 아니면 좀 더 많이 준비해 두든지.

그런데 이 식당에서 하룻밤 묵으며 돈키호테가 듣게 된 소문은 청천벽력 같은 얘기였다. '돈키호테 데 라만차 2편'이 세상에 떠돌아다니고 있다는 것. 얘기를 들어 보니 온통 헛소문으로 범벅이 된 위작이다. 둘시네아에 대한 돈키호테의 사랑이 식은 것은 물론이고, 산초는 식충이에 무식하고 재미도 없고 술주정뱅이로 묘사되고 있다는 것. 게다가 돈키호테가 사라고사에서 말을 타고 달리며 허공에 매달린 쇠고리를 창끝으로 관통시키는 시합에 참가했다는 내용이 나온다고까지 하니. 가 보지도 않은 사라고사에서 패배까지 했다니. 돈키호테는 결심한다. 사라고사에 발을 들여놓지 않기로. 자신이 사라고사에 가지 않으면, 그것이 위작이라는 것을 증명하는 셈이 될 터이니.

결국 돈키호테는 사라고사에 가는 대신 바르셀로나행을 택한다. 오로지 시데 아메테 베넹헬리, 아랍의 가지 선생만이 돈키호테에 대해 쓴 유일한 작가이므로. 바르셀로나에도 그런 시합이 많으니 굳이 사라고사에 갈 필요가 없어진 것.

무엇보다 이 객줏집은 돈키호테에게는 의미가 깊은 곳이다. 위작이 돌아다닌다는 걸 알게 된 집이기도 하지만, 모험을 떠난 후 처음으로 객줏집이 성이 아니라 객줏집으로 보이게 된 곳이기도 하다. 그것은 처음으로 숙박비를 지불했다는 뜻이기도 하므로. 산초가 더 이상 담요 키질을 당하지 않아도 된다는 뜻이기도 하고.

서서히 제정신으로 돌아오고 있는 돈키호테가 어쩐지 불 길한 이유는 뭘까?

muera Marta, **y muera harta**. Yo, a lo menos, no pienso matarme a mí mismo; antes pienso hacer como el zapatero, que tira el cuero con los dientes hasta que le hace llegar donde él quiere; yo tiraré **mi vida comiendo** hasta que llegue al fin que le tiene determinado el cielo; y sepa, señor, que no hay mayor locura que la que toca en querer desesperarse como vuestra merced, y créame, y después de **comido**, échese a **dormir** un poco sobre los colchones verdes destas yerbas, y verá como cuando despierte se halla algo más aliviado.

"나리께서는 '**죽어라 마르타, 실컷 먹고 죽어라**'라는
말은 인정 안 하시나 보네요.
저는 적어도 제 손으로 저를 죽일 생각은 없어요.
그보다는 차라리 구두장이가 하는 짓처럼
이빨로 가죽을 물고 원하는 데까지 끌어당기겠어요.
하늘이 정해 준 마지막 순간에 이를 때까지
계속 먹으면서 내 인생을 끌고 가겠다 이겁니다.
그러니 나리, 나리처럼 자기 자신을 포기해 버리고자
하는 것보다 더한 미친 짓은 없다는 걸 아셔야 해요.
제 말을 믿고, 일단 **식사를** 하신 다음에
이 풀밭을 초록 이부자리 삼아 한숨 **주무세요.**
자고 일어나면 마음이 좀 편해지신 것을 알게 될 겁니다."

당신과 함께라면 빵과 양파만으로도
빵과 양파

—— 이러면 안 되는데, 카스텔라

　카스텔라는 내게 아픈 사람의 음식이었다. 또한 치유의 음식이기도 했다. 젊은 시절 몸이 약했던 엄마는, 무슨 일이 생기면 꼭 속병이 따라오고, 병이 나면 곡기를 끊은 채 자리보전하기 일쑤였다. 아이들에게 엄마가 아픈 것만큼 불안한 일은 없었을 터. 꼼짝없이 누워만 있던 엄마가 내게 카스텔라를 하나 사 오라 하면 그제야 안심이 되었다. 나을 채비가 되었다는 뜻이었으니까. 카스텔라 사러 가는 길이 그렇게 신날 수가 없었다. 그래서 엄마에게 아픈 기미가 보이면 일단 카스텔라부터 사다 놓기도 했다. 조금이라도 빨리 자리를 털고 일어 나길 바라는 마음으로.

엄마는 카스텔라를 콩알만큼 떼어 내 따뜻하게 데운 보리 차에 찍어 먹었다. 몇 끼를 굶었으니 한입에 먹어 치워도 모 자랄 판에, 그 보드라운 것을 굳이 보리차에 담글 필요도 없 을 텐데, 적신 카스텔라를 찻숟가락으로 떠서 혓바닥에 녹여 먹기를, 그나마도 반의반쯤이나 겨우 먹고 이내 옆으로 치우 곤 했다. 마음이 아리면서도 나는, 일찌감치 식탐 많은 것으 로 유명했던 나는, 간호를 핑계 삼아 그 옆에 바싹 붙어 앉은 나는, 남은 카스텔라를 야금야금 훔쳐 먹던 나는, 이러면 안 되는데 카스텔라는 아픈 엄마를 위한 건데 하면서도 나는, 딱 한 번만 눈곱만큼만 마지막으로 한 입만 더 하던 나는, 씹을 것도 없이 녹일 것도 없이 사라져 버린 카스텔라 앞에서 나 는, 차라리 손목이 부러지기라도 하면 좋겠다 뒤늦은 후회를 하는 것이었다.

어른이 되어서야 알게 되었다. 그런 순간이 있다는 것을. 불현듯 걸음이 멈춰지더니 사방이 새하얘지는 순간. 모든 것 이 무의미해지고 무엇에도 무기력해지는 순간. 고백하자면, 그런 순간에 나는 위를 비우는 대신 위를 가득 채운다. 폭식 을 넘어서 통증이 느껴질 때까지 먹고 부대끼고 종국엔 토해 버린다. 그렇게 눈물을 찔끔 흘리며 토해 버리고 나면 비로소 정신이 드는 것이다. 이러면 안 되는데 하면서.

돈키호테는 곡기를 끊는 내 어머니를 닮았다. 무슨 일만 생기면 일단 입맛부터 떨어지는 스타일. 대답 없는 둘시네아 때문에 굶으며 고행을 하고, 소 떼들에게 밟혔다고 입맛을 잃고, 의리를 지킨다고 음식을 입에 대지 않고. 그 옆에서 산초는 나처럼 일단 먹고 보는 스타일이다. 그래야 힘을 내서 다시 뭐든 할 수 있다는 지론.

돈키호테가 무수한 고난 속에서 식음을 전폐하고 누웠을 때, 산초가 굳은 빵 하나를 내밀며 이런 말을 했다. 빵과 양파만 있다면 그 어떤 고난도 좀 견딜 만하지 않겠느냐고. 당신 옆에 내가 있고, 이렇게 빵도 있으니 괜찮은 거 아니냐고. 당신과 함께라면 빵과 양파만 먹고 산다 해도. 빵과 양파처럼 딱 붙어서 우리 함께. 이것은 지지와 응원의 다른 말. 어쩐지 눈물 나게 달콤한 말.

—— 양파의 자장가

당신과 함께라면, 빵과 양파라도contigo, pan y cebolla. 이것은 서약의 문장이다. 사랑의 문장이다. 양치기의 아들로 태어나 자연을 읊으며 시를 쓰던 스페인의 시인 로르카는 내란이 일어나자 투쟁 전선에 몸을 바치기로 한다. 전투와 도피와 체포와 투옥. 그 와중에 아내의 편지를 받는다. "빵과 양파밖에는 먹을 것이 없어요." 그는 가족을 위해 해 줄 것이 없다. 그래서 어린 아들을 위해 시를 쓴다. 「양파의 자장가」. 배고픈 요람 위에 누운 아이에게, 양파의 피를 빨며 잠들었어도 설탕의 피가 흐르기를 바라며, 맛있는 음식을 보내 줄 수는 없지만 달빛과 종달새의 노래와 분홍 방울새의 날개와 오렌지꽃 향기를 보내 주마, 자장가를 부른다. 나는 내일 전쟁에 나갈 몸, 언제 죽을지 모르지만, 너는 네가 입에 물고 있는 엄마의 젖가슴 속에서, 무슨 일이 벌어지는지 알지 못하기를. 사랑은 여전하지만 함께 있을 수 없는 현실 속에서, 시인이 할 수 있는 일이란 슬픈 자장가를 부르는 것뿐이었을 것이다. 양파의 자장가를. 시인과 아내는 일찍이 이런 말로 결혼 서약을 했을 것이다. 당신과 함께라면, 빵과 양파만으로 산다 해도.

양파는 마늘이나 고추처럼 매운 족속 중의 하나다. 매운 것은 때로 위안과 활기를 불어넣어 준다. 고대로부터 마늘과 양파는 노동자들을 위한 주요한 음식 재료. 아주 오래된 자양강장제 혹은 진통제. 가난한 자들의 음식. 참고 견뎌 내며 먹어야 할 음식의 대명사.

양파는 보기보다 다정한 면이 많다. 양파의 매운맛은 다른 매운 것들에 비하면 좀 나긋한 성정을 가졌다. 날뛰고 짓누르고 장악하는 매운맛이 아니라, 청량하게 어루만지는 산들바람 같은 매운맛. 매운맛 뒤에 따라오는 단맛의 여운도 길다. 물에 담가 놓으면 매운 기운을 살포시 내려놓을 줄 안다. 포용력도 좋아 다른 매운맛을 단맛으로 감싸 균형을 잡아 주기도 한다. 양파의 속내를 가장 잘 아는 게 불이다. 불이 닿으면 한없이 달아지는 게 양파. 양파를 채 썰어 캐러멜화 될 때까지 오래도록 볶아 양파 수프를 끓여 보라. 얼마나 달고 고소하고 깊은지. 거기에 딱딱하게 굳은 빵 몇 조각이 합해지면 입안에서 살살 녹는 양파 수프 완성. 참으로 천생연분의 맛이다.

—— 살아 있는 동안 최선을 다해 먹으라

소몰이꾼이 지나간다. 다음 날 열릴 투우 대회로 나가는 투우들을 데리고. 소 떼가 지나가니 그다음에 일어날 일은 이제 읽지 않아도 알 수 있다. 공격 한번 제대로 못 하고 짓밟히고

나가떨어지는 돈키호테. 산초는 물론이고 잿빛이와 로시난 테까지. 돈키호테 뒤늦게 정신을 차리고 소 떼를 쫓아, 게 섰거라 소리를 지르며 달려가 보지만, 바삐 가는 소 떼를 따라잡지는 못한다. 욱신거리는 몸보다 더 분한 건 칼질 한번 제대로 못 했다는 좌절감. 화를 참지 못하고 풀밭에 누워 버리는데, 산초가 먹을 것을 꺼내 놓지만 돈키호테가 입맛이 당길 리가 없다. 그러거나 말거나 산초는 일단 먹고 보자, 빵과 치즈를 위로 옮겨 넣기 바쁘다. 돈키호테가 말한다.

"그래 먹어라, 너는 먹다가 죽으려고 태어났고, 나는 죽을 둥 살 둥 하다 죽으려고 태어났으니, 지저분한 짐승에게 짓밟히고 어금니는 둔해지고, 입맛이 하나도 없구나, 어차피 죽을 거 그냥 굶어 죽는 게 낫겠다."

그 말에 산초가 속담 하나를 들이댄다.

"muera Marta, y muera harta'란 속담은 못 들어 보셨어요? 저는요, 적어도 제 손으로 죽을 생각은 없습니다요. 차라리 구두 수선공처럼 가죽을 이빨로 꽉 물고 끝까지 잡아당길 겁니다요. 하늘이 정해 주신 날까지, 끊임없이 먹으면서 제 생을 이어갈 겁니다. 자기 자신을 포기하는 것만큼이나 미친 짓은 없어요. 그러니까 제발 헛소리 좀 하지 마시고 일단 뭣 좀 드세요. 배를 좀 채우고 풀밭을 이불 삼아 누워 눈을 좀 붙이

세요. 자고 일어나면 마음이 좀 편안해져 있을 겁니다."

'마르타여 죽어라, 배 터져 죽어라' 대체 무슨 말인가? 이 말은 "고양이여 죽어라, 죽을 때까지 먹어라muera gata, y muera harta"라는 오래된 속담에서 주어만 살짝 바꾼 것이다. 이 속담을 이해하기 위한 옛이야기 하나. 쥐 한 마리가 고양이에게 쫓기다가 고깃국 냄비에 빠졌다. 냄비를 나서면 고양이가 기다리고 있고, 냄비에 그대로 남아 있더라도 죽기는 매한가지. 쥐는 어떤 선택을 할 것인가. 어차피 죽을 것, 고깃국이나 실컷 마시고 먹고 죽자, 그런 얘기. 말하자면, 먹고 죽은 귀신이 때깔도 곱다는 얘기. 고양이에게 잡혀 죽으나 배 터져 죽으나, 이왕이면 배 터져 죽는 게 낫다는 얘기. 그러니까 어차피 때 되면 죽을 인생, 살아 있는 동안에는 최선을 다해 먹으라는 얘기. 인생이 계속되는 한 자신이 원하는 바를 멈추지 말라는 얘기. 구두장이처럼. 이빨로 가죽을 끌어당기면서. 죽을 때까지.

아 멋지다, 산초. 바라토리아에서 통치자를 하고 나더니 지혜로워진 걸까? 속담만 마구 늘어놓는 속담쟁이인 줄로만 알았더니 철학자의 경지에 이르셨다. 입맛 없던 돈키호테조차 산초의 말이 어쩐지 철학적으로 들려, 산초가 하라는 대로 굳은 빵을 먹고 풀밭을 이불 삼아 잠을 청하게 되었으니. 그렇

다, 무슨 일이 생기면 우선 무어라도 먹고 볼 일이다. 일단 배
를 채우고 잠을 청할 일이다. 그렇게 한잠 자고 나면 머릿속
이 맑아질 테니. 산초의 말마따나 잠을 자는 동안에는 두려
움도 희망도 고생도 영광도 없으니, 잠을 발명한 자 축복받으
시길.

산초의 말에 의하면 잠이란 인간의 모든 근심을 덮어 주는
외투, 배고픔을 없애 주는 맛있는 음식, 갈증을 쫓아내는 물,
추위를 데워 주는 불, 더위를 식혀 주는 차가움, 어디서나 통
용되는 돈, 목동을 왕과 똑같이 만들어 주고 바보를 똑똑한
자와 똑같게 만드는 저울이며 추.

속담쟁이 산초가 철학자의 경지에 이르렀으니, 이제 그의
어록을 정리할 때가 되었다.

—— 남의 밥이 눌어붙어도 가만 놔두는 게 상책

자타공인 속담쟁이 산초. 아무 때나 말도 안 되는 속담을
맥락 없이 툭툭 내뱉는 산초와, 제발 속담 좀 빼고 얘기하라
는 돈키호테의 입씨름은, 함께 다니기 시작하면서부터 집으
로 돌아가는 순간까지 계속되는, 재미 중의 재미다. 고춘자

장소팔도 울고 갈 환상의 짝꿍.

속담 좀 그만 쓸 수 없겠냐 넌더리를 내는 돈키호테에게 산초가 말한다. 그가 알고 있는 속담은 책 한 권을 쓰고도 남을 만큼 많아서, 뭔가 말을 하려고 하면 한꺼번에 입으로 몰려와 자기들이 먼저 나가겠다고 싸우는 바람에, 적절한지 그렇지 않은지 가리기도 전에 나와 버린다고. 집에 재료가 많으면 저녁 식사 준비가 빨리 되고, 카드 패를 떼는 자는 카드를 섞지 않고, 종을 치는 자가 제일 안전하고, 주는 일과 받는 일에는 뇌가 필요하고…… 이런 식이다. 뭔가 맞는 말인 것 같은데, 그 말을 지금 왜 하나 싶고, 아무리 돈키호테가 하지 말라 해도 입에서는 끊임없이 속담이 줄을 잇고. 제발 그만!

자기가 가진 재산이라고는 겨우 속담에 속담을 쌓아 놓은 것뿐인데, 그냥 좀 하게 두시면 안 되겠습니까? 사랑니 두 개 사이에 엄지손가락을 넣지 말라 하지 않았습니까. 우리 집에서 나가라는 말과 내 마누라에게 무슨 볼일이냐는 말에는 대꾸할 말이 없다고도 하고, 항아리가 돌에 부딪치건 돌이 항아리에 부딪치건 깨지는 건 항아리라고 했고, 남의 눈에서 티끌을 보는 자는 자기 눈의 대들보를 볼 필요가 있으며, 자기 집 바보가 남의 집 멀쩡한 사람보다 자기 집을 더 잘 안다고 했습니다요.

아무튼지 간에 남의 일에 신경 끄시라는 말씀.

정리하자면 남의 밥이 눌어붙더라도 가만히 놔두는 게 상책이라는 얘기.

돈키호테 말마따나 '엄마가 벌을 줘도 나는 모르쇠!'다. 이런, 이제 돈키호테까지 속담으로 응대하게 되었다. 누구에게서 태어나느냐가 아니라 누구와 함께 풀을 먹느냐가 중요하다느니, 말끝마다 속담. 한솥밥을 먹고 살면 닮아 간다더니, 돈키호테는 점점 산초 같아지고, 산초는 점점 돈키호테를 넘어선다. 이를 놓칠세라 마지막 산초의 반격.

프라이팬이 가마솥을 보고, 저리 꺼져 시커먼 놈아 하시는군요. 솥이나 주전자나 검댕은 매한가지라는 뜻. 두 사람이 차이가 있다면, 제때 딱 맞게 나오느냐 때아니게 뒤죽박죽 나오느냐의 차이라는 것.

아무리 말려도 산초의 속담 릴레이는 결코 끝나지 않을 것 같다. 삽과 곡괭이가 필요한 그날까지. 혀에 종기가 나도 닭은 꼬꼬댁 울어야 하니까. 오늘이 너의 날이면 내일은 나의 날. 오늘 쓰러진 자 내일은 일어나리니. 맷돌의 돌이 갓 조여 있을 때 밀이 잘 갈리는 법이고. 날고 있는 독수리보다 손안에 든 참새 한 마리가 더 낫고. 머리가 아픈데 무릎에다 기름을 바르고. 산초의 계속되는 속담놀이에 머리에 쥐 나려고 한다. 어쩌나 무릎에 기름을 발라야 하나? 기름 대신 꿀을 발라 볼까? 꿀을 발라 봐야 파리나 꼬이고 모기나 들러붙지. 꿀 탓이냐 모기 탓이냐. 당나귀 잘못을 길마에 돌리지 말라 했거늘. 아이쿠 머리야, 이제야 돈키호테의 골치 아픔을 이해하겠다. 그렇다 속담을 읊든 말든, 남의 밥이 눌어붙어도 그냥 두는 게 상책.

-¡oh Sancho! que nos convirtiésemos en pastores, siquiera el tiempo que tengo de estar recogido. Yo compraré algunas ovejas, y todas las demás cosas que al pastoral ejercicio son necesarias, y llamándome yo el pastor Quijotiz, y tú el pastor Pancino, nos andaremos por los montes por las selvas y por los prados. Yo me quejaré de ausencia; tú te alabarás de firme enamorado; el pastor Carrascón, de desdeñado; y el cura Curiambro, de lo que él más puede servirse, y así, andará la cosa que no haya más que desear.

-¡oh, qué polidas cuchares tengo de hacer cuando pastor me vea! Qué de **migas**, qué de **natas**, qué de guirnaldas y qué de zarandajas pastoriles, que, puesto que no me granjeen fama de discreto, no dejarán de granjearme la de ingenioso!

"내가 틀어박혀 있어야 하는 그 기간만이라도,
오 산초, 우리가 목동으로 지냈으면 하네.
내가 양이나 그 밖에 목동 일에 필요한
모든 것들을 사겠네. 나는 목동 키호티스가 되고
자네는 목동 판시노가 되어
산이며 숲이며 초원을 돌아다니면서,
나는 사랑하는 이가 곁에 없음을 한탄할 테니,
자네는 변하지 않는 사랑을 하는 자를 찬양하게.
목동 카라스콘은 사랑에 버림받은 것을,
신부 쿠리암브로는 자기가 가장 잘할 수 있는 것을
한탄하거나 찬양하면 되겠지.
이렇게 하면 더 바랄 게 없는 삶이 될 게야."
"오, 제가 목동이 되기만 하면 제 숟가락은
얼마나 번쩍번쩍하게 되겠습니까!
빵 부스러기며 **생크림**이며 꽃으로 만든 화관이며
목동들의 이런저런 것들은 또 어떻겠습니까!"

목동 파시노의 숟가락

빵 부스러기

───── 우리가 목동이 된다면

상상할 수 있을까? 기사가 아닌 돈키호테를. 이발사의 세
숫대야 투구 대신 밀짚모자를 쓰고, 창과 방패 대신 지팡이를
짚고 선 돈키호테를? 기사 돈키호테가 아니라, 목동 키호테
농부 키호테를 상상할 수 있을까? 방랑 기사가 아닌 삶을 돈
키호테는 살아 낼 수 있을까?

바르셀로나는 여러모로 의미 있는 도시였다. 산초의 이웃
이자 추방당한 모리스코 리코테가 딸 안나와 감격적인 재회
를 하게 된 곳. 해적들에게 잡힌 그레고리오를 구출해 낼 방

법을 마련한 곳. 어쩐지 대단원을 향한 도시. 돈키호테의 말대로 바르셀로나는 예절의 보관소, 이방인들의 숙소, 가난한 자들의 구제소, 용사들의 조국, 우정의 기분 좋은 교류 장소였다. 하지만 돈키호테에게는 기사의 운명을 끝내는 비극적인 장소였으니.

바르셀로나 해변을 걷고 있던 돈키호테 앞을 완전 무장한 기사 하나가 가로막는다. 자칭 '하얀 달의 기사'. 그는 다짜고짜 돈키호테에게 대결을 청한다. 패한 사람은 고향으로 돌아가 1년 동안 집에 들어앉아 조용히 지내야 한다는 조건. 그런데 이 조건 어쩐지 냄새가 난다. 언젠가 들어 본 적이 있다. 일찍이 기사로 변장을 하고 나타나 돈키호테와 대결을 청했던 사람, 산손 카라스코. 그때는 거울의 기사, 지금은 하얀 달의 기사. 미친 사람 데리고 오겠다고 미쳐 버린 사람. 미치지 않고서야. 대체 누가 더 미친 것인지.

돈키호테를 돈키호테로 그냥 두란 말이야, 제발.

돈키호테 덕분에 울고 웃던 사람들 모두 이와 같은 마음일 터. 이 사실을 알게 된 안토니오가 울부짖는다. 이 양반아, 세상에서 가장 재미있는 광인을 제정신으로 돌리려고 모욕을 가하다니. 그 모욕을 하늘에서도 용서 안 할 것이오. 그가 제정신으로 돌아오면 돈키호테도 사라지고, 우울을 기쁨으로 바꾸는 산초도 사라질 텐데, 대체 무슨 짓을 한 거냐, 이 멍청한 양반아.

미친 산손 카라스코에게 패했다는 건, 돈키호테의 모험이 끝났다는 이야기. 집으로 돌아가야 한다는 이야기. 돈키호테에서 다시 키 머시기 양반으로 돌아가야 한다는 이야기. 키호테는 갑옷과 무기를 벗고 여행자 차림이 되어, 왔던 길을 거슬러 고향으로 향한다. 공작의 성도 지나고 목동들과 함께했던 숲도 지나고, 모험과 작별 인사를 하듯, 미뤄 두었던 숙제를 해결하듯, 마무리를 짓는다. 돈키호테 위작을 쓴 엉터리 작가를 여인숙에서 만나, 오직 가지 선생이 쓴 돈키호테만이 돈키호테라는 사실을 촌장 앞에 가서 선언하게 만든 것은 그나마 다행 중 다행. 하지만 갑옷을 벗은 돈키호테는 더 이상 이전의 돈키호테가 아니었으니, 돼지 떼가 밟고 지나가도 복수는커녕 그저 한숨과 눈물, 허수아비나 다름 없어진다.

고향이 내려다보이는 언덕에 서서 돈키호테는 기사가 아닌 다른 삶을 잠깐 꿈꿔 보기도 한다. 목동의 삶. 그는 목동에게 어울리는 이름부터 먼저 떠올린다. 목동 키호티스. 목동 판사노. 바르시노라는 개와 부르톤이라는 개가 꼬리를 흔들며 앞서거니 뒤서거니 호위를 하고, 목동 쿠리암브로와 목동 카라스콘도 함께, 숲과 초원을 돌아다니면서, 여기서 노래하고 저기서 애가를 읊고, 수정 같은 샘물이나 시냇물이나 강물을 마시고, 떡갈나무 열매를 먹고, 코르크나무에서 잠시 쉬어가고, 버드나무 그늘과 향기로운 장미 덤불과, 수많은 색으로 직조된 양탄자와 같은 너른 풀밭을 걸어 다니고, 달빛 별빛을 노래하는 서정적이고 목가적인 삶. 그런 삶을 살아도 좋지 않을까?

이 말을 들은 산초가 떠올린 것은 하도 쪽쪽 빨아 반짝반짝 빛나는 숟가락이다. 자질구레한 목동의 물건들에 둘러싸인 산비탈의 오두막, 막 구운 보들보들한 빵이 아니라 빵 부스러기와 염소젖으로 연명하는 삶. 그의 이름이 산초 판사노가 되든 그의 딸 이름이 산치카가 되든 상관없이, 그가 상상할 수 있는 목동의 삶이란 의무와 책임과 고난들에 기초한 것. 어찌나 현명하신지. 그렇다고 산초가 꿈을 꾸지 않는 것은 아니었다. 이왕 목동이 된다면 재치 있는 것으로 명성이 자자한 목동이 되겠다고 다짐하는 걸 보면 말이다.

그래도 산초는 돈이라도 벌어 왔다. 그 돈이 매를 맞아 번 것이든 나무둥치를 때려 번 것이든, 그리하여 둘시네아가 마법에서 풀려났는지 아닌지는 상관없이, 한 대에 얼마씩 받아 챙긴 매 값. 두 팔 벌려 반기는 우리의 테레사 여사와 무슨 선물을 사 오셨나 궁금해하며 껴안는 딸 산치카. 지독한 매질을 당하면 멋지게 말을 타게 되는 법이라 그렇지.

한동안 목동 흉내를 내며 보리피리를 만들어 불고 노래를 부르던 돈키호테, 어느 순간 식음을 전폐하고 누워 버린다. 의사의 소견으로는 무미건조한 삶으로 인한 우울증. 그는 서서히 죽어 간다. 그 와중에도 재산은 조카딸에게 양도하면서, 반드시 기사도 책을 모르는 사람과 결혼해야 한다는 조건을 붙인다. 기사도 책에 대한 절대적인 부정. 그는 이제 돈키호테 데 라만차가 아니라 착한 사람 알론소 키하노로 돌아왔다 선언한다. 미쳐 살다가 제정신으로 돌아와 죽음을 맞는 라만차의 시골 양반.

진정 살아 있다는 것은 무언가에 미쳐 있다는 것. 그러니 제발 다시 미쳐 주기를. 죽어도 죽지 않기를. 모험을 계속해 주기를. 산초의 마지막 울부짖음은 책장을 덮는 모든 이들의 마음일 것이다.

"나리, 돌아가시지 마세요, 제발. 제 충고 좀 들으시고 오래오래 사시라고요. 이 세상에 살면서 인간이 저지를 수 있는 최고의 미친 짓은 생각 없이 그냥 죽어 버린 겁니다요. 아무도 어떤 손도 그를 죽이지 않는데, 우울 때문에 죽다니요. 나리, 그렇게 게으름뱅이로 있지 마시고요, 그 침대에서 일어나셔서 우리가 약속한 대로 목동 옷을 입고 들판으로 같이 나갑시다요. 혹시 모르잖습니까요. 어느 덤불 뒤에서 마법에서 풀려난 둘시네아 귀부인을 발견하게 되는지도요. 꼭 보셔야 하잖아요."

돈키호테의 말마따나 자신을 이기는 것이야말로 인간이 바랄 수 있는 가장 큰 승리.

―― 굳은 빵의 변신

어떻게 하면 딱딱하게 굳은 빵을 맛있게 먹을 수 있을까? 이것은 아주 오래된 궁리다. 가장 손쉬운 방법은 수프에 담가 숟가락으로 퍼먹는 것. 양파 수프나 크림수프 위에, 튀긴 듯 구워 낸 빵 조각을 얹어 먹는 것은 좀 귀여운 방식. 스페인의 마늘 수프는 전적으로 빵을 적셔 먹기 위한 목표로 만들어진 수프처럼 보인다. 고깃국물에 마늘 넣고 고춧가루 풀어 끓인 수프에 빵을 푹 담가 먹는다. 빵이 건더기 역할을 톡톡히 해 든든한 한 끼가 된다.

미가스migas는 부스러기라는 뜻. 먹고 남은 빵들을 바싹 말려 모아 두었다가 잘게 부숴 요리에 쓴다. 초리소나 삼겹살을 기름에 튀겨 고기 기름을 뺀 다음, 빵 부스러기를 넣어 매콤하게 볶아 내기도 하고, 하루 이틀 물이나 우유에 푹 담갔다가 죽처럼 끓여 내기도 한다. 빵 부스러기 외에도 감자 부스러기, 옥수숫가루가 사용될 때도 있다. 보통 계란 프라이나 베이컨, 순대와 함께 제공되며, 청포도를 얹어 먹기도 한다.

굳은 바게트를 와인에 푹 담갔다가 계란 물을 입혀 지져 낸 스페인식 프렌치토스트도 있다. 토리하torijas, 빈자들의 디저트라고도 한다. 우유와 버터와 크림을 듬뿍 넣은 화려한 프랑스식 디저트를 대신해 가난한 사람들이 만들어 먹었다고 알려져 있다. 가볍게 설탕을 뿌려 먹기도 하고, 꿀을 듬뿍 뿌려 먹는 것으로 사치를 부리기도 한다.

"나리, 돌아가시지 마세요, 제발.
제 충고 좀 들으시고 오래오래 사시라고요.
이 세상에 살면서 인간이 저지를 수 있는
최고의 미친 짓은 생각 없이 그냥 죽어 버린
겁니다요. 아무도 어떤 손도 그를 죽이지
않는데, 우울 때문에 죽다니요. 나리,
그렇게 게으름뱅이로 있지 마시고요,
그 침대에서 일어나셔서 우리가 약속한 대로
목동 옷을 입고 들판으로 같이 나갑시다요."

| 돈키호테의 식탁 |

1판 1쇄 인쇄 2021년 3월 20일
1판 1쇄 발행 2021년 3월 25일

지은이 천운영
펴낸이 김영곤
펴낸곳 아르테

아르테사업본부 본부장 장현주
클래식클라우드팀 이소영 임정우
마케팅 김익겸 정유진 진승빈 김현아
영업 한충희 김한성 오서영
제작 이영민 권경민
일러스트 곽명주
디자인 형태와내용사이

출판등록 2000년 5월 6일 제406-2003-061호
주소 (10881) 경기도 파주시 회동길 201(문발동)
전화 031-955-2120 **팩스** 031-955-2151

ISBN 978-89-509-9481-5(03810)
아르테는 ㈜북이십일의 문학·교양 브랜드입니다.